梁永安

著

LIANG
YONGAN

日常

海南出版社
·海口·

图书在版编目（CIP）数据

日常 / 梁永安著. —— 海口：海南出版社，2023.5
ISBN 978-7-5730-1114-5

Ⅰ. ①日… Ⅱ. ①梁… Ⅲ. ①随笔 – 作品集 – 中国 –
当代 Ⅳ. ① I267.1

中国国家版本馆 CIP 数据核字 (2023) 第 056378 号

日常
RICHANG

作　　者：梁永安
出 品 人：王景霞
策　　划：彭明哲
责任编辑：闫　妮
封面设计：董茹嘉
责任印制：杨　程
印刷装订：北京通州皇家印刷厂
读者服务：唐雪飞
出版发行：海南出版社
总社地址：海口市金盘开发区建设三横路 2 号　邮编：570216
北京地址：北京市朝阳区黄厂路 3 号院 7 号楼 101 室
电　　话：0898-66812392　　010-87336670
电子邮箱：hnbook@263.net
经　　销：全国新华书店
版　　次：2023 年 5 月第 1 版
印　　次：2023 年 5 月第 1 次印刷
开　　本：787 mm × 1 092 mm　1/32
印　　张：12
字　　数：185 千字
书　　号：ISBN 978-7-5730-1114-5
定　　价：78.00 元

◆ 武汉到上海，高铁要经过安徽的丛山。暮色中，天地犹如一幅水墨画，古往今来，一代代的甜酸苦辣，都深藏在这山色有无中。

2019 年 4 月 21 日摄于武汉回上海的高铁上

◆ 哈佛大学周边有大大小小几十家书店，这家燕京书店格外醒目。鲜艳的招牌、门外的旧书摊、不远处印第安人轻轻吹起的排箫声……每次走过，都会翻阅许久，满心温煦。

2007年9月3日摄于美国波士顿哈佛大学燕京书店

◆ 波士顿是个充满读书气氛的老城，各种书店星罗棋布。这家 Borders 书店地处市中心，规模最大。从书店出来，很快就能走到喧哗的昆西市场，书与人间烟火的距离其实不远。

2007 年 9 月 7 日摄于美国波士顿 Borders 书店

◆ 墨尔本伊恩·波特艺术博物馆（The Ian Potter Museum of Art）的这个立面，倾聚了古希腊古罗马雕塑的精华，如一群酒神，释放着后现代文化的狂欢。

2014 年 8 月 19 日摄于澳大利亚墨尔本 The Ian Potter Museum of Art

◆ 这座索尔兹伯里大教堂建于 13 世纪，里面藏有最完整的英国《大宪章》。《大宪章》第一次限定了君主的权力，奠定了"王在议会"的基本制度，是开辟现代民主社会的历史标志。

2016 年 7 月 4 日摄于英国索尔兹伯里大教堂

◆ 波士顿有一条旅游线，用红砖铺就，连接了美国独立战争时期的纪念地。这个波士顿旧南方议会厅，在其中尤为重要。它建于 1729 年，是美国独立战争的导火索——"波士顿倾茶事件"的策划地。

2007 年 10 月 3 日摄于美国波士顿

◆ 纽约时代广场总是人潮如涌，纳斯达克指数和巨大的广告在屏幕上交相辉映。夜色中偶遇一位中国男人，三十来岁。我们互相看看手里的照相机，不由得都笑起来——两个人用的是同一品牌、同一型号。互相照了一张留影，并没有留电话，就这样聚散在异国他乡。

2007 年 9 月 12 日摄于美国纽约时代广场

◆ 乘大巴来到美国东北海边的普利茅斯小镇，看五月花号帆船到达美洲纪念地。这条船载重约 180 吨，1620 年 9 月 16 日，装着 102 位男女，从英国普利茅斯出发，12 月下旬抵达这里。还在途中时，大家制定了一个到达新大陆后共同遵守的《五月花号公约》，由此奠定了美国建国宪法的基本原则。

2007 年 9 月 22 日摄于美国普利茅斯

◆ 英国古城巴斯，保存了古罗马时期的石砌浴场，至今仍热气腾腾。走过一条小街，欣喜地看到简·奥斯汀故居纪念馆。进去看了又看，离开时在里面的小书店买了两本原版小说：《傲慢与偏见》和《理智与情感》，布纹封面，艺术感满满。

2016 年 7 月 18 日摄于英国巴斯的简·奥斯汀故居

◆ 从新疆伊宁到巴音布鲁克，最让人惊奇的变化，是所有的绵羊都变成另一个样子：黑黝黝的脑袋和白乎乎的身体，懵懂可爱。

2014 年 6 月 22 日摄于新疆巴音布鲁克

◆ 英国索尔兹伯里巨石阵，是许多小说、电影里的背景。它们从何而来？为何而立？历史学家、考古学家众说纷纭。小说家哈代的经典之作《德伯家的苔丝》，结局也在这个地方。苔丝从这里被捉走后被判处绞刑，悲剧气氛久久不散。但生生死死，在这个古远的巨石阵面前，好像也变得不那么刺痛，生命要承载的分量，并不比这些巨石轻啊。

2016 年 7 月 12 日摄于英国巨石阵

◆ 每年五月的火把节，云南石林都举行斗牛大赛，这是彝族人的年度盛典。这些刚刚载歌载舞的小伙子，此时歇息片刻，露出惬意的笑容。

2013 年 11 月 4 日摄于云南省石林

◆ 双虹桥，古老的南方丝绸之路的必经之地，坚实的铁链贯通怒江两岸，把历史牢牢地刻写在高山大河的脉动中。

2015 年 7 月 2 日摄于云南保山市怒江双虹桥

序
言

preface

◆ ◆ ◆

这本书的缘起要追溯到2007年，那一年的秋天，我在美国波士顿大学工作。有一天晚上，我散步走到昆西市场附近的码头。从这个码头，可以乘船去海上看大鲸鱼，一张票25美元。我去的时候已经是晚上九点多了，码头上一片寂静，入口处有一个很大的玻璃房，里面灌满了海水，水中游动着几只海狮。

灯光幽暗，海水遥遥地伸向远方。忽然一声轻轻地水响，一头海狮游过来，脸贴着水箱的玻璃，静静地看着我，一动不动。我们就这样互相望了很长很长时间。它的眼神是那么纯净，大概在奇怪，为什么在这个夜里，还会有人来到这寂静的海边？我心里也特别惊奇，这只海狮像个孩子一样，脸上晶莹有光，天真无邪。就在那一瞬间，我感觉世界上所有生命都连通了起来，动物、植物，甚至海水与岩石，都是一体的。

一个人在地球上只能走过几十年，在这个世界上，我们有无数的相遇，也有无数的告别。

聚散之间是无数的心意和冷暖。所有这些过往，能够回忆的少而又少，大部分都随风飘散了。那一夜，站在波士顿码头上可爱的海狮前，我忽然感到，生活的有些瞬间要抓住，要让它留存在影像中，留存在文字里。当我们回看的时候，那一瞬的风声，那一刻的心情，那一眼的风景，都会刹那归来，让人知道时光没有流失，它的点点滴滴还在我们的心底，让人在碎片化的流动中获得生命的连续。

与海狮的相互凝望，让我改变了一些旅行的习惯。以往我喜欢摄影，存下了几万张照片。从那天以后，除了拍摄，还抓紧时间，把按下快门那一刻的心情写下来。我知道，这些照片和文字是个人的，但是如果坚持不懈地写下去、拍下去，一个个小画面，就是世界的一个个侧影，就是人类生活的散点透视，可以分享给风雨兼程中的人们。

在这么多年的摄影和写作中，我有一个很深的感受：这个世界是古老的、永恒的，每个人无论什么身份，都是天地中的旅行者。这个世界不是为了你的诞生而出现，而是你路过了这个世界。所以，不能希望这个世界处处满足我们，而是我们要去真切地体尝这个世界，体会人间的冷暖。这世界除了我们看见的部分，还有我们的眼睛看不见的更深处，需要去思索，去阅读，理解它的既往和远方。唯有如此，我们才不会绝望于一时的云遮雾障，也不会因看到一个阳光灿烂的片段，就欣喜若狂。

旅行、摄影、写作，这真是非常好的生活。它会给内心带来一些沧桑，更会带来力量和从容。任何事情都是相反相成的，也许这个世界并不那么美好，文明史才一万来年，现代社会的诞生也不过才几百年，一切都在混沌中。不能用一个简单的观念去乐观，也不能用一个简单的观念去悲观，我们需要用悲观的目光去看这个世界，又需要以乐观的精神去投入这个世界。一个人力量有限，一生只能做好一两件事。为什么要做事呢？就是为了解决一两个力所能及的问题，为社会发展添一份暖色，这就是人生的价值。

收入这本书中的文字，基本上有关读书、观影，还有其他的部分随后会陆续出版。期待以这些文字和画面与读者朋友们分享心情，在我们生活的当下，互相给予光，去创造美好的生活。

梁永安

2022年11月21日写于深圳

目录

contents

几本伴随一生的书

有位读者问："您说过一个人应该有三四本伴随一生的书，那伴随您的书是哪几本呢？"

我很喜欢这个问题，但又有点儿难以回答。读书犹如击水行舟，每一段行程都有别样的风景，视野在不停地变换。我小学时喜欢《木偶奇遇记》，中学时迷恋《大卫·科波菲尔》，大学时热爱《丧钟为谁而鸣》，研究生时爱读《赫索格》。然而这些都不能算是"伴随一生的书"，因为它们让人难忘，却都属于求知或审美的范围，写的都是在我生命之外的世界。"伴随一生的书"是另一种存在，它融入内心，推动命运，没有它，人生可能是另一种样子。想到这里，我回答：高尔基的《在人间》、清少纳言的《枕草子》、塞万提斯的《堂·吉诃德》。

现在很多人不太熟悉高尔基，然而对我来说，他的《在人间》却是永不褪色的记忆，这本书奠定了我对底层大众的基本认识。书中的少年阿廖沙干过各种苦活儿，与底层社会的各色人等——洗衣妇、厨师、士兵、船员、建筑工、画匠……相识相伴。这个爱看书的孩子看着现实生活中的人们，听着所有的谈论，感到莫名的紧张、隐约的不安。他读过不少描写平民、反映平民生活的书，但书中的平民与实际生活中的平民相差甚远。书中的平民的命运是不幸的，他们的思想也是贫弱的，可是生活中的平民，是不幸与万幸的交织，是善良与凶恶的中和，他们全都出奇地有味，他们的思想、他们的灵魂，都是朦胧的，让你永远也捉摸不透。看《在人间》的时候，我刚刚小学毕业，正逢"文革"中期，到处是革命的红色标语，"群众"是一个无上光荣的词汇。然而《在人间》提供了另一种图景，那些底层的人们如野草蔓生，表面的杂芜之下，蕴藏着无限的可能。令我印象最深的是船上的厨师穆斯雷，他看上去很暴躁，但心里很柔软，他对阿廖沙说："我对什么人都挺好，只是不表露出来罢了。这不能让人瞧出来，让人瞧出来就得吃亏，什么人都一样，会爬到和善的人的头顶上……把你踩倒。"一本《在人间》，让人触摸到金字塔社会最广阔的底部，感受到人类凹凸不平的生存真相，读过之后，就再也不会用一个简单的概念去描绘人世间的百般生态了。

《枕草子》成书已经1000来年了，是日本散文的发源之作。一本20来万字的书，汇集了300多篇随笔，用今天的话来说，它是碎片化写作的典范。作为日本天皇宫中的女官，清少纳言的活动范围很小，但她把这种小日子写到了极致，用写俳句的心情记下了一个个瞬间，化虚无为灵动，"本来是隐藏在心里的事情，以为不会说出来的，可最后还是说出来了，正应了那句诗'因为流泪而泄露了心事'"。她的文字化实为虚，从僵硬的日常中撩起心底的涟漪，唤起内心的百感交集。阅读《枕草子》让人有些怅惘，每一篇读起来都不难，仿佛人人可写，但细细地品味，却是很多人每天失去的东西，近在眼前却又很遥远，如同这一段："在月亮特别亮的夜晚，驾着牛车从川上经过，牛车经过的地方有水波漾起，像是破碎掉的水晶一样。"我读《枕草子》的时候正在读研究生，难忘那一刻的明白：生活是一种潺潺流动，每一秒都晶莹闪亮。我们的心却像一个大筛子，让大量的珍贵不知不觉地漏走。生命的第一要义是感受力，而满世界急匆匆的脚步，只让人们走马观花。若是能经常读一读《枕草子》，我们的心还会那么浮躁吗？

《堂·吉诃德》是本令人不敢直视的书，因为它写出了一个历史的秘密："疯子"堂·吉诃德完全脱离了生活的常规，手持长矛挑战一切不合理。这样的角色是人类的基因突变，远远超出了社会的接受度。堂·吉诃德本质上代表了一种逆流而上的人，他那自得其乐的独往精神，强烈挑战着惯性的传统生活。从概率上说，这样的人99.9％会惨败，《堂·吉诃德》的结局也正是如此。但这本书的奇特之处是有个人居然相信堂·吉诃德会成功，还因此赌博般地跟随他浪游四方。这个人就是桑丘，他期待堂·吉诃德打出天下后给他一块封地，分享巨额财富。桑丘看上去傻乎乎，但其实精得很，堂·吉诃德要是失败了，他会毫发无损，无非回家继续干活儿。堂·吉诃德胜了呢？那他就发大财了。堂·吉诃德与桑丘合在一块儿，俨然一部人类历史：一个个"堂·吉诃德"冲锋陷阵，绝大部分死于风口浪尖，一代代桑丘随时等待，一面嘲笑着倒下的勇者，另一面准备收获侥幸成功者带回的果实。这听上去好像很残酷，但恰好写出了人类本色。最难办的是放下这本书的那一刻，人们不得不面临这样一个问题：是当堂·吉诃德还是桑丘？这个问题不好回答，却会缠绕人的一生。

这3本书，不一定人人喜欢，但都承载了成长中难解的大问题，每一次都能读出新的意味，产生新的疑问。好的作品是问题播种机，它让读的人永远感到自身的幼稚。人一旦像苏格拉底一样察觉到自己的无知，生命的智慧就真正地打开了。■

我推荐的5本书

《小城畸人》，舍伍德·安德森著。在任何"完美"生活的深处，都充满着病患。

这是一本值得反复阅读的书，初看它讲的是别人的故事，渐渐地才明白它讲的是每个人，包括我自己。这部小说集开篇即点题："把人变成畸人的，正是真理。"对此，书中阐释得很透彻："这些人拿了一个真理在身边，然后遵照着这一个真理，活了一辈子，于是乎，人成了畸人，怀抱的真理成了谬误。"大学时代读了这本书，读后对那些以伟人、贤人、智人自居的人有了警惕。要过一种反思的生活，无论男女老幼，都应如此。

《伟大的电影》，罗杰·伊伯特著。虽然是一本知性的影评，却处处闪耀着灵感的光影。

伊伯特的职业生涯是从体育记者开始的。谁也没料到他后来投入电影界，并在美国好莱坞星光大道上留下了名字，成为获得这项荣誉的唯一影评人，他被《福布斯》评为"全美最伟大的评论家"。《伟大的电影》收录了他的100篇影评，每一篇都没有矫揉造作的理论腔。这本书的《导言》说："电影最能唤起我们对另一种经验的感同身受，而好的电影让我们成为更好的人。然而，真正的好电影并不多。"每年中国都生产很多部电影故事片、动画片，有几部能在历史上留下来？如今全国有这么多部电影，到底该看哪一部？这都是大问题。读读这本《伟大的电影》，正当其时。

《辛格自选集》，艾萨克·巴什维斯·辛格著。每一页都住着神祇，注视着你尘世中的灵魂。

犹太作家辛格笔下的人物既堕落又崇高，魔性和神性在一个身体里呼呼转动，灵光闪闪。这本自选集收录的文章是辛格亲自挑选的，译本很厚，封面很鲜艳。我推荐这本书的时候是别有一番心境的：人的一生如何才能真实而透彻？这是个大难题。见过太多青春洋溢的人，一路沿着"正确"的选择，达到波澜不惊的平庸。仔细看，每一步都很"善"，最终却丧失了自我，防止了沉沦，也失去了最优秀的可能。人最可悲的不是平庸，而是甘于平庸，辛格这本书的深意不是嘲讽，而是拯救。

《伊斯坦布尔：面纱下的七丘之城》，埃布鲁·宝雅与凯特·弗利特著。看看伊斯坦布尔的前世今生，不再做自己城市的陌生人。

这是一本城市史，两位女性写的。读这本书的动力是多年来我一直想去伊斯坦布尔走走。那里，每一条街道下面的每一层泥土里，都埋藏着一层文明遗迹。这本书从1453年5月29日土耳其人攻陷君士坦丁堡写起，熊熊烈火烧毁了东罗马帝国12万册书卷，由此开始了东西方持续至今的碰撞与融合。这本书以世界史的广度打开了伊斯坦布尔的纵深，让人一读便懂得了自身在漫漫历史中的位置。现在不少生活在城市中的人，几乎不了解走过的街道，住了十几年甚至一辈子，本质上却还是个陌生人，虽然物质生活很富有，但精神生活很贫瘠。读一下这本书，也许会让城里人停下匆匆脚步，望一望自己"熟悉"的一切。

《天才的编辑：麦克斯·珀金斯与一个文学时代》，A.司各特·伯格著。学着用一颗编辑的心读小说，你会看到种子如何长成大树。

麦克斯韦尔·埃瓦茨·帕金斯是个低调的人，他总是说："必须记住的第一件事是，编辑并不给一本书增添东西，他最多只是作者的仆人，不要觉得自己很重要，因为编辑充其量是在释放能量，他什么也没有创造。"这种态度应该属于所有人，"不要觉得自己很重要"，这是人生特别强大的力量，只有内心不自信的人，才竭尽全力凸显自己。帕金斯有充分的资格这样说，作为美国顶尖出版社的顶尖编辑，他发现和培养了菲茨杰拉德、海明威、沃尔夫等世界级作家，经他手出版了一大批优秀作家的成名作。令人印象最深的是，他读完菲茨杰拉德的处女作《浪漫的自我主义者》之后盛赞："这是一本男孩的书，我认为这本书表现了真正的美国青年。"与帕金斯不同，其他编辑认为这本书稿"根本读不下去"，集体决定退稿。帕金斯在不得不写的退稿信里说，"事实上，我们已经有很长一段时间没有收到写得这么有活力的小说书稿了"，并鼓励菲茨杰拉德继续修改。这部小说后来经历了十几稿，最终出版后风靡一时。重要的不是这本书，而是帕金斯为世界发现了一位经典作家。

我推荐了5本书，其实心里最想推荐的是加缪的《鼠疫》，但还是放下了。我觉得当下不适合读它，有些沉重，它是劫后余生的回望。待到一切恢复正常，仔细读一遍，或许才能真正体会加缪的话："在倾听城里传来的欢呼声时，里厄也在回想往事，他认定，这样的普天同乐始终在受到威胁，因为欢乐的人群一无所知的事，他却明镜在心：据医书所载，鼠疫杆菌永远不会死绝，也不会消失，它们能在家具、衣被中存活几十年；在房间、地窖、旅行箱、手帕和废纸里耐心等待。也许有一天，鼠疫会再度唤醒它的鼠群，让它们葬身于某座幸福的城市，使人们再罹祸患，重新吸取教训。"■

好小说不是让人热爱的

我选的好小说都有一个标准：小说中有没有一个令人难忘的高峰点燃整个作品的内在生命。这个最高点是经典小说波涛汹涌的浪尖，一切叙事要素都奔向它，形成小说的结构力学。它淋漓尽致地展现了作家的精神境界，是平庸与杰出的分水岭。海明威的《老人与海》，最高峰的地方不是老人抓到了那条巨大的鱼，而是鲨鱼群吃光了大鱼的肉，只剩下一副空荡荡的骨架，"他把麻袋在肩头围好，使小帆船顺着航线驶去。这时航行得很轻松，他什么念头都没有，什么感觉也没有。他此刻超脱了这一切，只顾尽可能出色而明智地把小船驶回他家乡的港口。夜里有些鲨鱼来咬这死鱼的残骸，就像人从饭桌上捡面包屑吃一样。老人不去理睬它们，除了掌舵以外他什么都不理睬。他只留意到船舷边没有什么沉重的东西，小帆船这时驶起来多么轻松，多么出色。"这一段是《老人与海》的灵魂，远远超出了"打鱼"的目的性，一句"他此刻超脱了这一切"，让"自由"——这个海明威终生的追求照亮了整个海面。

我选了6部小说：乔伊斯（爱尔兰）的短篇集《都柏林人》、索尔·贝娄（美国）的《赫索格》、奥康纳（美国）的短篇集《好人难寻》、托宾（爱尔兰）的《布鲁克林》、萨冈（法国）的《你好，忧愁》、门罗（加拿大）的《好女人的爱情》。

我最想推荐的是乔伊斯的小说集《都柏林人》。15部短篇小说，主人公从孩子到老人，概括了一个城市的"精神瘫痪"。以短篇小说集的形式写一座城市，并不罕见，舍伍德·安德森的《小城畸人》、奈保尔的《米格尔街》皆如此。乔伊斯的这本《都柏林人》让人畏惧，因为它让每个人都能在其中发现自己。唯一不能发现的是最后一篇《死者》中的老人加布里埃尔，他在生命将近终点的时候，才发现妻子心里一辈子爱着年轻时的初恋。在难眠的痛苦之后，他"好奇的眼睛久久地望着她的脸庞和她的头发：当他想着她蓓蕾初绽之际该是什么样子时，一种奇怪的、对她友善的怜悯在他的心灵里升起。……他小心地钻进被子里，在他妻子的身边躺下。

一个接一个，他们全都要变成幽灵。最好在某种激情全盛时期勇敢地进入那另一个世界，切莫随着年龄增长而凄凉地衰败枯萎。他想到躺在他身边的妻子，想到她多年来如何在心里深锁着她的情人告诉她不想活下去时的眼神。大量的泪水充溢着加布里埃尔的眼睛。他从未觉得自己对任何女人有那样的感情，但他知道，这样一种感情一定是爱情。"整部《都柏林人》因这一段获得了灵光的覆盖，所有的精神芜杂，被作者包容了。伟大小说的力量，最终都是与整个世界和解，而不是抱怨、仇恨。

一个人应该有三四本伴随一生的书，它不断地打开你，相互发现，相互改变。初读奥康纳的《好人难寻》，我十分震惊，一个女作家，为何写出这么多不可思议的暴力？尤其是"沦落人"枪杀老奶奶的场面：

> 她看到那张扭曲的脸贴近了她的脸，他像是要哭出来。她低声说："哎呀，你是我的儿呢，你是我的亲儿！"她伸出手去摸他的肩头。"格格不入"像被蛇咬了似的向后一跃，当胸冲她开了3枪。然后他把枪放在地上，摘下眼镜擦了擦。

谁能想到，奥康纳的同情更多的是在"沦落人"一边，在"原罪"的黑暗中，暴力与拯救建立起相反相成的神圣关系。人们不但要感谢大善，更要感谢冷酷无情的大恶——这样的理念与中国传统格格不入，让人无法热爱它。但经典小说并不是让你热爱的，而是让你在"格格不入"的枪口下，被押送到陌生的世界，发现自己真实的存在，领悟自我意识中的虚假与荒诞。■

好书是一棵年年开花的树

门罗是我内心无比钦佩的女作家，这个"女"字含量十足，是任何男作家都无法替代的。有些女作家名满天下，然而仔细看，她们的作品男作家也写得出来，例如谭恩美的《喜福会》，换了白先勇可能写得更好。但门罗的小说里，弥漫着男作家看不到的细节，更不用说细节背后男性无法体会的女性心理世界。门罗的笔下大多是跨过婚姻门槛不太久的女人，心里心外的种种复杂，被她写得活灵活现。关于女性研究有个说法，女性有两个最危险的年龄——16岁和31岁，都是充满各种可能的时段。门罗不大写16岁的女孩，却把31岁左右女人的动荡写得淋漓尽致。男性看过门罗的书后，面对女性便不再茫茫然。

宫本辉的《幻之光》，底色有点儿悲凉，是个寡妇再嫁、生如转蓬的常见题材。我很佩服宫本辉的是，他竟然以女主人公"我"的口吻来讲故事，这种男扮女装的第一人称写法不可能有充足的自洽，写得不好就会显得太过冷静。看这样的作品，就是看男作家如何跨越性别的天堑，在忽男忽女的变调中推进叙事。《幻之光》里面留下的男性的马脚太多了，那么多环境描写，那么多不属于女人的坚硬，可最后还是放不下——那淡淡暖起来的结局，在让人感动中融化了所有的间离。

好书是一棵年年开花的树，种在自家的小院里。一个苹果掉下来，可以敲出万有引力，没有树的人，哪里会有脑洞大开的快乐！■

05

《聊斋志异》的"异史氏"

　　《聊斋志异》每讲完一个故事，都会由"异史氏"讲一番道理，不少是扬善惩恶，扶正祛邪的总结。不过蒲松龄终究不属于"核心价值观"的铁杆队伍，会情不自禁地讲出一些脱轨的话，让人眼前一亮。《娇娜》里的书生孔雪笠，一眼就看上了给他治病的二八女子娇娜，但未能如愿。娇娜的哥哥把自己18岁的漂亮姨表姐阿松介绍给他，结婚以后他们夫唱妇随，倒也和顺。后来这书生才知道娇娜一家子全是狐狸精，但既然相爱，管它什么精，他不但不离开，反而在娇娜处于危难时刻时舍身救美，拯救了狐狸精一家子。这样一个人狐之恋，"异史氏"别的不说，只感叹"我不羡慕孔生有一个漂亮的妻子，只羡慕他有一位美丽亲昵的女友。见到她的时候，可以忘记饥渴；听到她的声音，立刻喜笑颜开。有这样一个红颜知己，常常饮酒谈心，精神多么愉悦啊，真是比同衾共枕的夫妻还要舒畅和谐"。300多年前的蒲松龄，已经看到"距离产生美"的情感要义，把"精神恋爱"当作最大的幸福，这样的情怀，跟柏拉图息息相通，很有现代性。

"异史氏"的评论，有时候声东击西，掩盖的是男人"天下美女，入吾彀中"的古老潜意识。那些各路妖女爱书生的故事就无须说了，一个妖精也没有的《寄生附》说起男性的自恋自大也是滔滔不绝。"越长越英俊"的才子王孙爱上了表妹郑闺秀，"觉也睡不着，饭也吃不下"，一副爱情至上的样子。哪知闺秀的父亲绝不同意，硬是把这事儿浇灭了。王孙一下子病倒在床，要真是直接气死了，他这份心意堪比大情圣梁山伯了。不料蒲松龄笔头一转，跑出来一个媒婆，引着王孙去看大户姑娘张五可，这姑娘美得出奇，王孙"激动得发抖"，立刻托人求婚。写到这儿，一个颜值主义者的"爱情"是什么底色，也算水落石出了。更为喜剧化的是，郑闺秀听说王孙要娶张五可，突然迸发出扭转乾坤的魔性，硬是坐上彩车、盖上红头巾，直接闯到王孙家当新娘。这里正乱成一锅粥，张五可也披红挂花地来了。于是一番纷乱之后，王孙家布置了两间新房，"总算摆平了"，两个新娘"衣服鞋袜换着穿，相亲相爱如亲姐妹一样"。这样的故事，男人写着多爽啊！记得王朔的处女作《空中小姐》也是这副德行，男主被女主爱得死去活来，蹬都蹬不掉。讲完这个故事，"异史氏"是如何点评的呢："人们所说的情种，就是像王孙这样的人吧！"这评语太不靠谱了，若是王孙这样的也算"情种"，那《少年维特之烦恼》简直就是白写了。

看古代小说，很有意思的就是这些迂回曲折的点评，虚虚实实、真真假假，读起来像玩捉迷藏。作者时不时地用一本正经的评点大声喊"我在这儿"，你要真的信了他，那才是傻瓜。■

堂·吉诃德400年

1615年，塞万提斯出版了《堂·吉诃德》第二部，结束了漫长的写作，登上了文学人生的顶峰。这部小说的声誉很高，2000年跨世纪的时候，被世界文学界认为是1000年来最伟大的文学作品。

拜伦读毕《堂·吉诃德》，深深感叹："这是一个令人伤感的故事，它越是令人发笑，就越使人感到难过。这位英雄一心主持正义，扫荡坏人是他的唯一目标，正是这种美德使他发了疯。"

400年来，没人能再写出堂·吉诃德这样的人物，但《堂·吉诃德》所描绘的那种人物模式却代代相传：堂·吉诃德式的理想主义者不合时宜地四处出击，被现实撞得头破血流；跟在他后面的现实主义者桑丘狡黠地等待，小心翼翼地在堂·吉诃德的冒险中寻找翻身发家的机会。塞万提斯用十几年的写作，向读者提出了一个问题：这两个如影相随又截然相反的人，你愿做哪一个？

从浪漫的角度看，很多人会赞赏堂·吉诃德，然而从现实的角度衡量，大部分人还是会做桑丘。人们总是不愿做自己赞赏的那类人物，就像我们很少去看最伟大的书一样，太累太崇高。当个中庸的普通人很随心，而且其中也有生活的智慧。这一点康德也不否认，他觉得"商人和家庭妇女"的闲言碎语，也有"普通的人类理性"，这种理性的最大特点是"不出于任何一种思辨的需要"，而是"由实践的需求来推动"。这位大哲学家甚至认为，这种"日常理性"才是"哲学的道德理性"的基础。

康德打开了一个新的入口，让我们重新读一读《堂·吉诃德》，尝试把桑丘当作主人公。这有点像重读《西游记》时将猪八戒作为中心角色，并赋予他充分的合理性，然后一切就大不一样了。在桑丘的眼中，堂·吉诃德尽管疯疯癫癫，但也有可能干出一番伟业，让帮工出身的自己真的当上"总督"。换句话说，堂·吉诃德就是桑丘的一个赌注，桑丘才是真正的主角。历史确实有这样的一面：英雄都是用来牺牲的，最适合刻在纪念碑上崇拜，而生活的主体，永远是"桑丘们"的集合。

堂·吉诃德死前，几乎把所有的钱都留给桑丘，其中的含义，很深很深。

然而堂·吉诃德还是有无穷的魅力，他挥舞长矛冲向大风车的可笑，总能使我们感动。一个青年，如果没有一点儿不自量力的精神，不做一点儿让人发笑的傻事，那生活还有什么意外和创造呢？青春之所以值得怀念，就在于不成熟中的勇气，在于不知天高地厚的行动力。一本《堂·吉诃德》，打动我们的不就是这傻乎乎的诗意吗？

入夜把《堂·吉诃德》的后半部匆匆地看了一遍，我并不觉得桑丘多么庸俗，他距离我们很近，一举手一投足都很像我们。堂·吉诃德也并不那么遥远，就在前面几步远的地方，我们心一横就能追上他，但这事很难发生，因为我们身边是亲爱的桑丘，他握着我们的手，满脸成熟的笑容。■

07

生活往往令我们捧着空口袋

莫拉维亚是20世纪意大利最著名的小说家。他的作品题材都很平淡，都是凡俗之人的日常生活，但每一笔都很犀利，专戳人心中的幽谧之处。《鄙视》这本长篇小说明里写的是一个作家的爱情困境，深层却是现代男性无处不在的两难。两难犹如一道大裂谷，人生不可控制地在裂谷中飞速坠落。在坠落中，让他万般焦虑的只有一个问题：妻子到底还爱不爱自己？在传统中，这似乎是女性对男性绵绵不绝的追问，而在《鄙视》中，位置颠倒过来了。这本小说写于20世纪50年代，今天读起来，仿佛是一本新时代男女力量变迁的预告。

《鄙视》是一本值得我反复读的书，每一次读都会有不同的体会。今天读着，我想到了加拿大女作家阿特伍德的长篇小说《盲刺客》，其中写道："不管什么事，我们都会选择知情。在这个过程中，我们不免会伤害自己；

如果需要，我们会把双手伸进火中。好奇不是我们唯一的动机：爱、悲痛、绝望或仇恨会驱使我们去做。我们会无情地窥探死者的秘密：我们会拆他们的信件；我们会读他们的日记；我们会翻动他们的垃圾，希望从那些离我们而去的人那里得到一个暗示、一句遗言、一种解释——他们令我们捧着口袋，而口袋常常比我们想象的要空得多。"现代人能不能避免像《鄙视》中的男主人公那样无休无止地追问？能不能让相爱的男女之间多一些未知？现代人永远有不能与任何人分享的内在感知，这种哲学意义上的主体性是现代人类的根本属性之一。多一些对彼此孤独的尊重，而不是无孔不入地越界，若是忽视这个关键的尺度，难免倾尽全力也只会获得一个吞噬人生的空口袋。■

爱书的人，拿起书来明显不一样

我对肖恩·白塞尔的《书店四季》，格外喜欢。

肖恩回忆，他18岁在苏格兰小镇威格敦看到一家书店，名字极简，就叫"书店"。他对朋友说："这家书店年底一定倒闭。"但13年过去了，"书店"依然从容地活着，肖恩从电视台辞职，买下了这家书店。10多年后，"书店"成为苏格兰最大的二手书店。2017年，肖恩出版了自己的书《书店日记》，火爆英国市场。2019年，续篇《书店四季》问世，又引发了热销。

我越来越感觉书店是人生的第二个家，写书的人和读书的人构成了最温暖的小世界。书店的美好在于用一本本书打开了世界，让世界广大，让人深情，让人真正拥抱万物有灵的大地。

《书店四季》里面的细节很有人间情味。肖恩观察到："经常同书打交道的人，拿起书来明显不一样，打开书的时候，会托住硬封，确保订口接缝处不断裂；从书架上抽书的时候，会确保堵头布没有承受太大压力。一旦你和珍本书待上一段时间，碰到乱来的人立刻就能看出来。"看到这段我不禁一笑，深有同感。我最怕有人拿起书随意翻折，像翻稻草似的，让人看着提心吊胆。肖恩有时候还会和买书的人争论："下午我跟一位顾客争得热火朝天，我说梅格雷是个小说里的法国侦探，对方非说是个比利时超现实主义画家。"这种争论多么令人开心，顿时让人回到童年。面对浩瀚的知识文化，谁不是个孩子呢？

肖恩的书店不仅卖书，还是个多元价值的汇聚点。有个叫佩特拉的姑娘"来问我她能否在楼上的大房间里开课，教肚皮舞。吃不准她能招到几个学生，不过我对她说，每星期五上午欢迎她使用那个房间"。这可是个影响生意的事儿，"佩特拉的肚皮舞课开始了。那富有节奏感的嘭嘭声把11点前光顾书店的唯一一位客人吓坏了。一听见楼上的声响，她仓皇而逃"。尽管如此，肖恩也不介意，颇有些肚量。

书店也是观察社会的好地方。肖恩在书里写了很多人，其中一位杰夫先生十分有趣："杰夫是个野蛮人，住在五月杜恩——几年前他在一片森林里建立起来的村落。他是个十足正派的人，同时在政治上反对现有体制。他看起来颇为烦恼，踱着步子到处走了一会儿。后来才知道是因为他给村里人买木材，拿到了一笔钱，他现在得面对身为资本家的难题。"当了资本家，面对"现有体制"就进退两难了，人性真是个难以自控的魔方啊！

肖恩为什么开书店？他在这本书的开篇写道："将重要文化或者科学知识介绍给这个世界的书籍所带来的快乐，不可否认是从事这一行业最奢侈的享受。就算不是绝无仅有，也很少有别的营生能够提供如此丰富的机会让你纵情享受。所以，每天早晨一起床，我想到的并不是又要重复一遍单调乏味的工作，而是期待着有机缘手捧一本初次把某一个改变历史进程的思想带给人类的书，不管那是一本1791年的《人权论》，还是1887年的英译本《资本论》，抑或达尔文《物种起源》的早期版本。卖书的意义就在于此。"■

09

用"自然的眼光"连接世界

罗伯特·弗兰克的新版摄影集《美国人》(*The Americans*)不但收录了全部《美国人》的照片，还收录了弗兰克此前在伦敦、巴黎的准备性作品，我从未看到过如此完整的版本。1955到1956年，33岁的瑞士摄影师弗兰克得到古根海姆基金会的资助，驾驶一辆破旧的二手车，在美国周游了48个州，拍摄了2万多张照片。他选出其中的83张，于1958年结集为《美国人》出版。当时的美国充斥着人间天堂的自我陶醉，美国人以为自己生活在世界上最幸福的国度。弗兰克却拍出了另一个美国，颓然、感伤、冷漠、焦虑、孤独、不安、疏离……《美国人》出版后，很多人感到愕然，甚至有人抨击弗兰克"以一种充满恶意的眼光拍摄了美国"。直到1959年，美国社会深藏的各种危机全面爆发 —— 民权运动、嬉皮士运动、女权运动、反战运动，惊天动地的一次又一次狂潮，全面印证了弗兰克的预感，人们这才意识到他是一个多么深刻的时代观察者和预告人。

《美国人》中的照片并不讲究对焦、平衡、黄金分割，用传统的摄影标准看，很多照片可以划入不及格。这正是弗兰克极为可贵的文化选择，是十分清醒地有意为之。作为一个受过系统训练的摄影师，弗兰克在瑞士早就被视为优秀摄影家，他不存在任何技术缺陷。在拍摄《美国人》中的照片之前，他为时装杂志拍广告照片，收入丰厚。但他只干了半年，因为他厌恶商业摄影中的矫揉造作，便断然离开，一心要"制作真正的当代的记录"。他立志要"不断地拍摄照片，不断地寻找"，要通过自己独特的视觉"传达现实的本质、形态与气氛"。这些独特的观念，使他摆脱了摄影圈的陈规旧律，用自己的摄影方式拍摄美国人，在"旁门左道"中展现出别人看不到的美国。

我特别钦佩弗兰克的人生态度，他将人与时代的关系诠释到了一个明亮的境界。人生总要面临自己与世界的关系问题，把自己放得很大，世界就变小了。如何既能保持自己的活力，又能维护世界的完整？只有用真诚持续的探索，才能找到融入真实世界的途径和方式。摄影镜头的根本价值是它能最大程度地记录原本的世界，弗兰克是真正的摄影人，他的视野辽阔，与镜头的原真性高度一致，没有任何的矫情和伪饰，更没有摧毁性的美化，他用自己的纯粹照亮了一个生命原理：不是用时代来证明自己，而是用自己来造就时代。这样的摄影之路，无论多么艰辛都是幸福的。■

10

在永恒的艺术之上是灵魂深处永世不绝的爱

最近我重读了《圣殿下的私语 —— 阿伯拉尔与爱洛依丝书信集》。1115年，16岁的爱洛依丝和38岁的阿伯拉尔相遇了。那时，阿伯拉尔是法国著名的神学家，而爱洛依丝正值活泼伶俐的少女时期。她的叔父福尔贝请来阿伯拉尔，让爱洛依丝跟着他学习。这位叔父显然没有想到一对男女同处一室的自然后果，后来阿伯拉尔在《劫余录》中写道："我们先是朝夕相处，继而心意相通，在讲课的伪装下，我们完全投身爱河。"1118年，两个人有了私生子，阿伯拉尔拜访福尔贝，请求他同意自己与爱洛依丝结婚。

这看上去是桩不错的婚事，却因为两个当事人的复杂考虑变得有些曲折：阿伯拉尔要求"这桩婚事保密"。他的担心来自当时的社会环境，作为神学教授、巴黎大学的创始人之一，他渴望在教会体系中不断升迁，获得更高的地位。而根据教会的规定，一旦结婚，就会失去一切升职的可能。而爱洛依丝的选择则更加决然，为了阿伯拉尔的前程，她果断不同意结婚，只愿意当他的情人："我相信，我越为你轻贱我自己，越能得到你的感激，也越能减少对你名声的损害。"

虽然在阿伯拉尔的坚持下两个人结了婚，但悲剧还是滚滚而来：福尔贝故意到处传播阿伯拉尔结婚的消息，慌乱中的阿伯拉尔急忙把爱洛依丝藏进一个修道院，让她暂时"出家"。这大大激怒了福尔贝，他认定阿伯拉尔让爱洛依丝当修女，实质上是抛弃了她。世界上什么人的愤怒最可怕？正是那些对人性的理解十分单薄的"好人"，暴力一旦穿上"道德"的外套，释放出来的残酷就大得惊人：福尔贝雇人夜里闯入阿伯拉尔的卧室，把他阉割了！

爱洛依丝和阿伯拉尔的人生剧情一刹那逆转：她从此永驻修道院，他潜心于神学。她被禁止与他见面，也不知他在何处。几年后，她偶然获知他的地址，急不可待地给他写了一封深情的长信。她称他为"我唯一的爱人"，责备他"我们分开后，你从未写过一封安慰的信"。

这责备是多么温馨啊，昭示着她对他永不褪色的真情，正如她在信中毫不羞涩地写道："当在你的要求下我褪去我的衣服时一切便无可挽回了，一同褪去的还有我的思想，我这样做仅仅是为了向你证明，我的身体和我的灵魂都属于你。"

800多年前的中世纪，那是一个处处禁欲的时代，《简·爱》追求的"灵魂与灵魂的对话"还是几百年后的事情。而爱洛依丝在信中所表达的爱是那么富于现代的自由感。她告诉阿伯拉尔："一个人的价值并不体现在他的财富或权力上——后者靠的是运气，前者仰赖的则是他的品质。作为一个女人，如果她愿意嫁给富有的人胜过嫁给贫穷的人，渴望得到她丈夫的财物胜过得到他本人，那么她等于在出卖自己。"

阿伯拉尔迅速回了信，他的信让爱洛依丝有些意外。他似乎已经从激情中解脱出来，全身心地投入到对上帝的虔诚中。"从我们的情况看，我们因共同的信仰而走到一起，有着共同的宗教人生"，他告诫她，"你最应该关心的应是超度我的灵魂，你必须向我主不断进行特殊的祷告"。男人是何等理性啊，即使恋人火热的爱情在眼前燃烧，理性思维依然可以冷静地运行。爱洛依丝立即回复他:"你不但没有给我带来安慰,反而增加了我的忧伤。"这个年轻的姑娘痛切地写道:"在所有不幸的女人中我为之最,在所有幸运的女人中我又亦为之最。"

阿伯拉尔的第二封回信与第一封截然不同,这个男人内心其实也极度痛苦,他无限感慨地诉道:"如果我能证明这些对我们来说是公平的并且对我们是有益的,如果说上帝选择我们结婚以后而不是在我们罪恶地共同生活时来惩罚我们是正当的话,这也许会减轻你的痛楚。"他选择的精神出路是把自己的苦难神圣化、把曾经的爱情罪恶化,在信中他回忆道:"我们结婚后,当你在修道院时,有一天我私下去看你,当你出现在我眼前,你知道我无法遏制的欲火会让我干出什么事。事实上,我们的私情就发生在餐室的一个角落,在这个本该属于最圣洁的贞女的地方。"他痛恨自己"追求那淫荡可耻的快乐,将这种快乐的满足置于服侍上帝之上"。他甚至感谢把自己阉割了的人,因为上帝借此"清理而不是剥夺了我身上的那个器官"——那是个"耻辱的器官"。

今天我们再读这些书信,既远又近。坚持真情在任何时代都不容易,每个历史阶段都有自己的成规,相爱的人都会遇到里里外外的困厄。人们手捧玫瑰欢度情人节的时候，又有多少人沉下心来想一想，自己是不是一个真诚而勇敢的有情人呢？爱情飘动在不同的解释中，而一切解释的衡量，都应该用爱洛依丝的信做一次深度的检验。

阿伯拉尔于1142年去世，爱洛依丝逝于1164年，两人的墓地相邻。19世纪70年代，他们的遗体被迁移到巴黎著名的拉雪兹神父公墓，合葬在一座石亭下。我到巴黎时，曾专程去祭拜。公墓里群星照耀，肖邦、普鲁斯特、莫里哀、巴尔扎克……几乎是一部文学艺术史。看到爱洛依丝和阿伯拉尔相伴长眠的石雕墓盖时，我心里一声长叹：艺术虽然是永恒的，但在永恒的艺术之上是灵魂深处永世不绝的爱！ ■

在傅雷家乡读《傅雷家书》

《傅雷家书》于1981年出版时共收录了118封信，其中有1封是傅雷夫人朱梅馥写给儿子傅聪的。后来的增补本第二版，收录了书信178封，其中朱梅馥写给傅聪的有16封。重新再读一次，感觉像读了一本新书，尤其是朱梅馥写给儿子傅聪的信，深切而温暖，字字句句展示着妈妈的牵挂，与傅雷颜氏家训式的风格大不相同。

1954年初，傅聪从上海到北京，准备赴波兰学习钢琴。2月24日朱梅馥给儿子的信里充满着不放心："妈妈不能代你理东西，真是件遗憾的事。……维他命B一定要吃，以后生活一定要有规律，你现在懂事了，我也不再操心了。不过空下来老念着你，很高兴会常常梦见你，孩子，妈妈多疼你，只愿你多多来信，我们才感谢不尽呢！"同一时段傅雷给儿子的信里谈论焦点是艺术："你近来忙得如何？乐理开始没有？希望你把练琴时间抽一部分出来研究理论。琴的问题一时急不来，而且技巧根本要改。"然而朱梅馥的信不仅仅是春风暖雨，也有责之切爱之深的严厉。在1954年7月15日的信中，她严肃训斥儿子太花心："我有句话，久已在心里嘀咕：我觉得你的爱情不专，一个接着一个，在你现在的年龄上，不算少了。我是一个女子，对这方面很了解女人的心理，要是碰到你这样善变，见了真有些寒心。"但母亲的训斥终究是更深的爱。1960年，傅聪已经流亡海外多年，与美国著名小提琴演奏家梅纽因的小女儿相恋，朱梅馥欣喜之下，于8月29日写了一封语重心长的信，提醒儿子："对终身伴侣的要求，正如对人生一切的要求一样不能太苛。事情总有正反两面：追得你太迫切了，你觉得负担重；追得不紧了，又觉得不够热烈。温柔的人有时会显得懦弱，刚强了又近乎专制。幻想多了未免不切实际，能干的管家太太又觉得俗气。只有长处没有短处的人在哪儿呢？……我觉得最主要的还是本质的善良、天性的温厚、开阔的胸襟。有了这三样，其他都可以逐渐培养。"真是千叮万嘱，生怕儿子不幸福。

1958年4月，傅雷因为写了7000多字，给组织提意见，被划为"右派"。1961年，他被摘去"右派"帽子，但生活日渐困窘。1965年11月26日，朱梅馥给远在伦敦的儿子写信，心情十分忧愁："爸爸为了将来生计，前途茫茫，不免焦急。……爸爸以前每年可译二十万字，最近一年来只有十万字光景，要依靠稿费过活，的确很难。……我们的房租五十五元，加上水电、电话、煤气等已经要花到九十余元，吃用还不在内，如今又加上一笔长期的医药费。……孩子，你深知你父母的为人，不到万不得已决（绝）不肯在这方面开口的。这种矛盾的心理，想必你很理解。"这封在经济上向儿子求援的信，写得太艰难，所提的要求也很柔性："希望你冷静的（地）思考一下，不要单从感情出发，按照你的实际能力，每月酌汇多少。"傅聪夫妇看到信，决定每月给父母寄25英镑，大大缓解了傅雷夫妇的焦虑。这样的信傅雷绝不会写，母亲作为家庭的情感中枢，这时候起到了关键作用。

读《傅雷家书》，想到哲学家黑格尔和马克思关于"市民社会"与"国家"的不同观点。黑格尔认为人和人的关系本来是"狼的关系"，但因为生存的"需要"而彼此连接起来。国家是"纯粹理性"的化身，引导与决定着市民社会的存在。马克思的看法完全相反，在他眼里，市民社会才是"国家存在的方式，家庭和市民社会本身把自己变成国家"。黑格尔和马克思的观点差异，似乎仅仅是个理论问题，但只要放入历史中，就赫然浮现出无数人的命运。1966年9月2日深夜，傅雷夫妇自缢，告别了他们付出真诚却被无情打击的世界。当一个人远远地走在社会主流的前面、走在千百万人难以理解的追寻中，整个人生就变成一场灾难。这是多么痛苦的境遇！大多数人"把自己变成了国家"，这"大多数人"或许对或许错，但无论对错，都是强大的历史力量，是独立个体难以承受的绝对存在。■

12

读林芙美子的"放浪"

《放浪记》是一本放在我心里的书，无论哪个季节打开，都不觉陌生。

属于文学的人从不需要发愿，它悄无声息地化入魂灵，笼罩住全部的人生。林芙美子12岁就退学了，跟随妈妈和继父颠沛流离，行走在北九州的穷街陌巷。继父比妈妈小20岁，经常出远门做小买卖，他们的家总是在飘荡中。在提篮叫卖的奔忙间，林芙美子天然地读起了一本本小说，她特别喜爱契诃夫的短篇。"契诃夫是心灵的故乡，他的气息、身影宛若就在眼前，喃喃地对我做着黄昏一般的内心述说。"一个小姑娘，面对辛苦的生存，不知不觉地从文学中获得温暖，这是多么神秘的打开！读书的深夜里，她"拉开煤烟熏黑的纸窗，想不到这地方也有夜空月儿的戏谑"。这样贫穷而灵动，不可思议地融化了时光的沉重。

有文学的才具，还需要底层世界点点滴滴的展开，写作的热量才能不断升温，膨胀出不可湮灭的喧哗与骚动。很多女孩具有写作的潜质，但因为生活优渥而窄化了内心，越长大越逃避最开阔的社会底层。即使写作，也因为社会空间狭窄，过分依赖细节的修饰和语言的烹调，字里行间都是岁月的寂寥。林芙美子的不幸正是她的幸运，她经历着当女佣、摆地摊、做女招待、做低级文秘的种种艰辛，先后与3任同居男友分手，身心似乎破碎得不可收拾，只有写日记、诗歌、童话，才能把生存连缀起来。这样的写作绝不是"体验生活"，也没有任何泡沫，每一个字都来自肉体的挣扎和精神的困厄，如她所说，"写作让我感觉到异常的充实，使我忘记了男人的抛弃、身无分文和饥肠辘辘"。

1928年10月，林芙美子的"日记体"小说连载于《女人艺术》杂志，1930年结集《放浪记》出版，2年内卖出60万册，创造了日本女性文学的奇迹。《放浪记》初版时，林芙美子27岁，而她作品中浸透的悲欢，已经沧海桑田。可以说，人生的意义绝不是出几本文学经典，林芙美子的感人至深，是她远远超出小说的生命之美。

日本有林芙美子的纪念馆，2011年的春天，我曾去细看。作家已经成名，再看她的生平很难复原，似乎是天意怜才，早期所有的艰辛都是成功前的练笔。真实的命运完全不是这样，少女林芙美子在黑暗的年月中写作，她随时都可能倒在苦难的重压下。文学是一项勇敢者的奔跑，从来不依赖前方的成功，写作是让生命不灭的唯一方式。

最难忘的还是尾道，林芙美子的十八九岁在这里度过。这是她年轻时最安定的两年，她把尾道写进了《风琴与鱼町》，读进去，海风都是暖的。尾道火车站往东300米，是林芙美子的铜像。她迎着微明的曦光，收拾好简陋的行装，刚要起身出发。这正是现代文明的象征，文学之光照耀着女性的觉醒。我站在铜像前久久不能离去，我看到了日月星辰，看到了文学的光荣。 ■

13

最重要的时刻总是那么虚弱

　　马丁·斯科塞斯导演的电影《纯真年代》是根据伊迪丝·华顿的同名小说改编的，小说情节并不复杂，主要人物只有3个，都是贵族圈里的年轻人：律师纽兰·阿彻尔、女孩梅·韦尔兰德和她的表姐艾伦·奥兰斯卡。纽兰曾经暗恋艾伦，但艾伦嫁给了一个很有艺术气质的波兰贵族。暗恋的那个人轻轻地走了，这种事在男孩的成长中会遇到很多很多次。谁见过男人娶了自己的暗恋呢？自然的成长总是让男孩又遇上一个女孩，一下子打开人生叙事的正篇。纽兰也是这样，他遇见了梅，很自然地喜欢她的美丽和青春活力，进入到相恋、订婚的轨道。偏偏这时候艾伦从欧洲返回纽约，并且要跟风流的丈夫离婚。这个举动十分不寻常，它打破了纽约上流社会的规矩。贵族阶层永远是道德的集中代表（尽管他们已经败絮其中了），他们体现的是婚姻的本质：社会需要婚姻稳定远远大于个人的情感追求，没有爱情地球照转不误，但没有婚姻人类就无法存在，所有的财产也失去意义。艾伦的返回，引来昔日亲友无数的白眼，谁也不管她内心的痛苦。

在一片冰凉中，重逢艾伦的纽兰，心火却越来越旺，他在贵族生活的千篇一律中看到了一个异数，这在梅的精神中是完全看不到的。在与艾伦的对比中，梅显得那么规范优雅，但这正是让纽兰畏惧的地方："假如优雅到了最高境界竟然变成它的反面，帷幕后面都是一片空白，那将怎么办呢？"

小说写到这里，还是19世纪的格局：快要结婚的男人或女人，突然遇上了另一个激动人心、截然不同的异性，然后一番暴风骤雨，划清爱与不爱，该散的散，该结的结，阳光灿烂下两人幸福地相拥。然而华顿毕竟是在20世纪初期的美国上流阶层长大的女人，她深知中下层出身的作家不知深浅，以为爱情就是一跺脚，社会就让出一道裂缝向爱情致敬 —— 哪有这么简单，赤脚的岂知穿鞋的辛苦，贵族社会的压力大如山啊！纽兰眼看众人对艾伦冰山一样的阻击，做出了一个下意识的决定：马上向梅求婚，提前一年举行婚礼。

这种情节看上去有些荒诞，而且后患无穷。但略一体会，就能看到华顿这一笔写得颇不简单。人生常有这样的本能：为了回避一种两难困境，貌似聪明地躲到另外一种选择中，以为如此避难就易，生存就驶入不是最好却也不错的新道路上。生活优越的人最容易犯这样的大错，因为他们可走的路太多了，好像到处都有幸福，只不过味道稍有不同。他们忘记的只有一条：人的内心是最大的世界，背离了真正的感情，所有的东西都不真实。在一个不真实的世界里，人生变成了一场空幻的游戏，人永远只能向前跑，不能向后看，因为看到的都是陌生和废墟。

　　后面的悲剧就不可避免了——纽兰一次次凝望艾伦，两个人心知肚明，但又失之毫厘。特别是海边那一幕：艾伦伫立海岸，又上了船，纽兰在山坡上定定地看着，只要艾伦回头望一眼，他就会奋不顾身冲过去和她生死相依。就在这一动不动的假设中，艾伦的背影远去了，她知道纽兰在眺望，也知道自己一回首什么都会改变。她多么盼望这个男人不管不顾地奔过来，大声喊出自己的爱，这样的回头才是女人的幸福，然而，他只是站着，只是期盼，没有一大步，也没有一小步。波涛就这样空寂地摇荡，春意悄悄地过去了。

小说将近终局虽然有看似疯狂的一笔，艾伦答应和纽兰睡上一夜，然后两人私奔欧洲，但在听到梅说自己怀孕之后，一切都烟消云散。这个情节写得其实并不好，不但老套，而且超出了艾伦的逻辑，使3个人物都变得怪异起来。特别是梅，她简直就是个富于心计的坏女人了。实际上梅这类头脑简单的女子往往心肠很好，遇到事情不知所措，经常因为害怕别人痛苦而把自己逼入死角。幸好华顿一笔扫过26年，纽兰和梅生了3个孩子，后来梅染病去世，死前告诉大儿子爸爸的秘密，让他带着爸爸去巴黎看艾伦。这一节把梅的善良写回来了，而且还把纽兰的本性也写得更透：纽兰和儿子到了巴黎，来到艾伦家的楼下，他让儿子上去，自己动情地望着那扇窗，最后默默地走了。

这个男人，在重要的时刻总是那么软弱，空有满腹的脉脉深情。而这样的男性实在太多了，他们的人生挂满了种种未实现。身为女性的华顿，很明白男性人生的南辕北辙，把纽兰如此不纯不真的心路故事定名为《纯真时代》，其中有多少感叹，又有多少期望啊！ ■

14

秋刀鱼的滋味

　　《小津安二郎全日记》选自日本导演小津安二郎（1903—1963）1933年至1963年的笔记，选的是其中那些"日记性记述"。30年的行迹记录，正好概括了小津的后半生。他一生导演了54部电影，现存胶片（包括片段）37部，大部分都出品于1933年之后。对于这本书，我最大的兴趣是沿着小津电影的年月线索，去看看他编剧和导演的过程——如何构想、如何处理各种难题、如何面对观众的反应，对于从事文学艺术的人来说，这些都是共同的创作疑问，认真体会是向大师致敬的最好方式。

　　小津是个心境平和的人，追求"不以强烈的剧情起伏就能让观众感受人生"。这实在是太难了，他几乎放弃了连续影像最擅长的故事性，专力挖掘人心内部的情感微澜，用人们深藏在日常琐细中的涓涓苦乐，晕染人生的万千冷暖。对于一般人来说，这需要很深的定力，而对于小津，这似乎是天然的本领。他的影片很少有外景，大部分是室内的长镜头，35度仰角，人物端端正正处于画面中心，无大喜亦无大悲。然而就在这淡淡的风格中，却拍出了"不哭泣也能表现悲伤"的力度。

最能体现他艺术心情的影片，当属1962年8月开拍的《秋刀鱼之味》。人们问他："片子里一个秋刀鱼的镜头也没有，为什么取这样奇怪的片名？"小津简单地解释："因为秋刀鱼便宜又好吃。"这恐怕只回答了一半，秋刀鱼虽好吃，但细刺很多，吃的时候要静心下箸，一点一点分辨。百姓的生活何尝不是如此？苦辣甜酸都在平凡的外表下，稍不经意就被刺痛。生活对于小津同样如此，他刚刚拍完《秋刀鱼之味》，就被诊断出患了癌症，1963年12月就去世了。去世前他说："我费尽毕生精力，就是想做真正好吃的豆腐。如果要求我烤牛排或者炸猪排，那真是强人所难。"一生追求平淡，这本身就不是一件平凡的事！

从读者的角度看，这不是一本可以单独阅读的书，要和小津的电影对应着看。书中的记载绝大部分极为简略，比俳句多不了几个字。更有意思的是，与预想不同，这本日记里很少谈艺术，吃喝玩乐倒占了不少篇幅，看相扑、观棒球、赏樱、喝梅酒、吃鳗鱼、赴茶会……例如，1956年6月19日，"洗澡。傍晚，前往扇谷。前往辰巳。喝得酩酊大醉"；同年9月16日，"雨。整天在家。宿醉。头痛"。终生未婚的小津，过得自由自在。但就在这一年，他导演了自己的第一部有声影片《独生子》。这部影片里有一段"片中片"：贫穷的母亲拼死拼活挣钱，将儿子送往东京读书。儿子大学毕业，在京城当了老师，还娶了餐馆老板的女儿，一切似乎顺风顺水。但当一无所有的母亲来到东京，儿子紧巴巴的日子顿时窘迫起来。善良的妻子卖了和服，陪同婆婆出门旅游，儿子还陪母亲去看电影。可母亲对时髦的有声电影根本没有兴趣，在电影院里打起了瞌睡。东京的贫富差距加上两代人之间的文化距离，使母与子的关系摇摇欲坠，母亲最后还是回到了贫困的信州。家族社会的断裂——这个小津念念不忘的主题，就这样沉静地延伸着，一年又一年。读着这本日记，我们能隐约感觉小津对人间情味的依念，他一边沉浸在传统的生活细节中，一边看着老日子远去，如不系之舟随波逐流。

小津最具国际影响力的影片《东京物语》，开头和结尾都拍摄于海湾小城尾道。尾道因此专门打造了一个小津电影资料馆。我在日本工作时，去过尾道十几次，每次都去这个资料馆坐坐。馆里展示着小津所有电影的海报、摄影机，还循环播放《东京物语》的片段。最深入我心的是一句话："从尾道去东京看孩子们的老两口站在东京的桥上，看人流汹涌，老父对老伴说：'这个城市这么大，一不小心走散了，可能一辈子都见不到了。'"这部片子拍摄于1953年，小津日记里有简单的记载：1953年2月4日，"吃完饭后，闲聊。《东京物语》大致的故事情节有了个眉目"；2月18日，"将山村（长子）设定为职业医生"；2月20日，"杉村（长女）的职业定位是美容师"；4月22日，"开始写作老父母在大阪住宿的部分"；4月23日，"晚上，完成原事务所和山村医院的部分。就此，东京的部分完成了后一半的写作"；4月27日，"开始写尾道的部分"；4月28日，"写尾道的孩子们来的部分"……这些仿佛流水账的记录，读起来却是那么有活力。一部经典电影，就是在种种"喝蛤蜊汤，吃鸭火锅""吃完鳗鱼茶泡饭""喝得有点儿醉醺醺的""吃鹿儿岛鲣鱼煎""吃鲑鱼酒糟汤"的节奏中诞生了。不读这本日记，哪里能体会小津自称"豆腐店导演"的性情本味呢？ ■

15

我更信奉温情的力量

我知道的4部跟疫情相关的作品，约翰·巴里的《大流感》、毛姆的《面纱》、迟子建的《白雪乌鸦》、让·吉奥诺的《屋顶上的轻骑兵》。

人类坚韧而脆弱，一万年前走出大冰河期以后，一路灾难不断。看不见的病菌、病毒，时不时扑出来吞噬生灵。2500年前的雅典大瘟疫，死亡20万人，近一半城邦人口。650年前的欧洲黑死病，祸及全世界，死亡7500万人。再加上连绵不绝的地震、水灾、火灾、蝗灾……中国历史上，从公元前707年到公元1907年，仅蝗灾就508次，而黄河流域高达436次。更令人怵目惊心的是人类的相互拼杀：据国外学者统计，截至1964年，在有文字记载的约5164年人类历史中，共发生战争14513次，只有329的和平。战争造成36.4亿人丧生，损失的物质财富可以铺一条宽150 000米、厚10米、环绕地球一圈的黄金大道。

每一代人都会遇上一次大灾变，中国人感受至深。如今我们面对的，只是历史中的一个小起伏。学生们在大学时代经历了这一次，也是一种特别的学习。疫情中展示出来的图景是更真实的国情，它如同火山爆发涌出的岩浆，倾泻出地表之下的深藏。再次回校，所有的专业都不再简单，现代医学与公共政策，自媒体与公共舆论，文学写作与阶层冲突，科学权力与社会体制，精英意识与民粹主义，生态危机与公共安全，全球政治与国家形象……知识体系需要重新建构，需要连接新的问题。一代新人，在新的问题坐标导引下，能不能开始建设一个新社会？

一次疫情，给人许多感动，也给人很多失望。如果能多一些共情，少一些纷争，疫情时期的生活会温暖得多。迟子建的《白雪乌鸦》，其中的主人公王春申历经种种不幸，痛苦连着痛苦，但他还是选择宽恕，默默地牵着那匹珍爱的大黑马，投入救治鼠疫病人的艰辛中。他妻子的情人倒毙街头，竟也是他出面收殓，用厚厚的棺木下葬。甚至面对导致自己儿子死去的太监翟役生，他最终也放下怨恨，一起喝了交心酒。很多读者不一定会喜欢这样的写法，觉得主人公太退让，太软弱。但迟子建有自己的心情：我更信奉温情的力量同时也就是批判的力量，法律永远战胜不了一个人内心道德的约束力。作者让恶人有一天能良心发现、自思悔改，因为世界上没有彻头彻尾的恶人，他身上总会存留一些善良的东西。在萤火虫的微光中看到太阳升起，这是多么伟大的人性！

我很喜欢中国纬度最高的两位女作家：出生于黑龙江漠河的迟子建，出生于新疆伊犁的李娟。北国的人，漫长的冬季之后，尤其珍惜短暂的夏天，人生活在大自然古老的语言中，懂得生命与万物相依的温暖。那儿的人像树木青草，一年年生长，一年年开花结果，如同李娟笔下的妹妹："我妹妹刚满十八，已经发育得鼓鼓囊囊，头发由原先的柔软稀薄一下子变得又黑又亮，攥在手中满满一大把。但是由于从没出过远门，也没上过什么学，显得有些傻乎乎的，整天就知道抿着嘴笑，就知道热火朝天地劳动，心思单纯得根本就是十岁左右的小孩子，看到有彩虹都会跑去追一追。"这样的生活多么自然，牛羊、山峦、河流、村舍、白云、草木各得其所，可谁都知道，这只是人类远去的故乡，新的生存需要铁心石肠。■

他的心中记住瞬间的力量

俄罗斯白银时代诗人赫列勃尼科夫，这位经典大师被誉为"发现诗歌新大陆的哥伦布"，白银时代的另一位代表诗人曼德尔施塔姆毫不保留地赞颂他的才华——很多诗句"可以刻在石头上"。十月革命前，赫列勃尼科夫长叹，"纵情酒色的严寒天气/击毁黎明疲惫的翅膀/无辜时代的灯光熄灭/火鸟冻僵，坠落"；他孤独，"我们分享彼此的生活/在盛大的青春/我们形单影只"。十月革命后，他怅惘，"晚上周围变暗/白杨伫立在它的土地上/大海有话要说/而你已在远方"。赫列勃尼科夫于1922年6月28日在颠沛流离中病逝，年仅37岁。这真是他的幸运，若是再多活10来年，在苏联20世纪30年代的"大肃反"中，他的结局不知会多么寒凉。十月革命之后不久，他与音调高亢的未来派诗歌分道扬镳，怒斥一味歌颂的那些诗人是"殷勤好客的绵羊缀着奴才的花边"。这种不合拍的声音，也自然导致新制度对他的排斥。他不能发表作品，衣食无着，生命在一天天的痛苦中终于陨落。

与他相比，曼德尔施塔姆的结局更凄惨。1922年，政府给他在莫斯科分了一套小房，让他们一家享受第二等级食物配给，每个月能领到粮油、白糖、黄油，甚至还有难得的冻猪头。倘若在世俗的考量下活着，曼德尔施塔姆完全可以柔软而幸福地生活下去。但他是个文人，他认定诗歌属于"自由的人"，不能消解在坚硬的现实中，"上帝友善地赋予我们四种元素/但自由的人却创造了第五种"。更为大逆不道的是，他竟敢写诗讽刺至高无上的领导人："那里让我们想起克里姆林宫的山民/他肥胖的手指，如同油腻的肉蛆/他的话，恰似秤砣一样正确无疑/他蟑螂般的大眼珠，含着笑/他的长筒靴总是光芒闪耀/他的身边围着一群细脖的首领/他把这些半人半妖的仆人们玩弄……"

苏维埃政权对这样的诗人是很难容忍的。十月革命之后，苏联面临着国际资本主义国家的持续封锁，国家处境严峻，急需快速提升国力，集中全民力量投入社会主义工业化发展，尤其是重工业。在艰难的历史时期，万众一心、步调一致，是国家对民众自然而然的政治要求。集权与服从互相配合，获得了史无前例的成就。1932年，苏联的工业总产值与1913年沙皇时代相比增加了近2倍，工业产量上升到世界第二位，仅次于美国。到了1937年，工业总产值比1932年增加了1.2倍，比1913年几乎增加了5倍，而同一时期的西方工业只增长了44%！这么耀眼的盛世芳华，曼德尔施塔姆怎么就看不到呢？国家给了你不错的待遇，你怎么还发出如此刺耳的声音？你既然这样"不识大体"，还能指望时代对你的宽待吗！1938年，他第二次被流放，最终死于远东海滨符拉迪沃斯托克的拘留所，在寒冬里躺在冰冷的水泥地上，脚上戴着冰凉的镣铐。

从文学家的角度看，这真是一件心酸的事。文学写作是人类的审美，本性上具有理想主义的乌托邦气质。文学最关注的不是宏观集体，不是物质生活，而是个体的精神独立、选择自由、人格尊严。奠定现代哲学基础的康德在《判断力批判》中，把审美定义为"自由的愉快"，而"自由的愉快"的反面必然是对不自由状态的否定。这给文学家带来了困境：人类发展至今，从来没有实现普遍的自由，每个时代都有它的历史局限性，如同法国启蒙思想家卢梭所言："人生而自由，却无往不在枷锁之中。"作家的审美本性直接导致他们对现实的批判性，即使如苏联20世纪30年代，革命让国家实现了工业化，创造了惊世伟业，作家们还是从个人幸福角度看到了光明灿烂背后的灰暗。在那个时代，为了国家的大目标，个人高度服从于整体，农民被紧紧限定在集体农庄的桎梏中，不得随意迁动。城市里弥漫着对领导人的崇拜，开会时只要提到他，大家都必须站起来长时间鼓掌，开一次会往往站起来几十次。索尔仁尼琴的《古拉格群岛》中，有个人因为身体虚弱，鼓掌时不由自主停下来，第二天就被抓进了监狱。写这种"黑暗面"的作家当然不会有好下场，尽管索尔仁尼琴后来获得诺贝尔文学奖，却迅速被苏联政府驱逐出境。更为悲凉的是，孤独的作家离去时，民众齐声欢呼。这也毫不奇怪：既然生命的全部被投入到神圣的事业中，就不能容许人们否定它，否定它，就是否定自己的全部价值。

文学如何给自己定位，是千古难题。从历史看，传世的文学经典几乎没有歌功颂德的，太多作家身世凄凉。不过时代变迁之后，人们回顾既往，走出了那个时代的限定，会突然发现过去的种种不合理，大家又怀着敬仰的心情重新肯定那些被自己抛弃的作家。1990年之后，曼德尔斯塔姆的诗集在俄罗斯大量出版，圣彼得堡大学竖起了被驱逐出境的诗人布罗茨基的雕像，索尔仁尼琴也被请回国内……这不是荒诞，是否定之否定的循环，是不可两全的选择悖论，是人类历史文明成长的代价。

何时才能打破这种宿命？也许无解，也许可以听听曼德尔斯塔姆的声音："他的心中记住瞬间的力量／忘却痛苦的死亡。"■

我要找出一些响亮的句子，
像月光一样干净

衡量一个作家的贡献，基本的标准是看他或她给时代提供了多少新语言，在多大程度上改变了人们的既有话语。从这个角度看，王小波的创造力超群轶类，仅看他的书文题名，就生机盎然：《一只特立独行的猪》《沉默的大多数》《我在荒岛上迎接黎明》《爱你就像爱生命》……

人是用语言来思考、来感觉的，阅读文学作品，是一个语言更新过程，是精神新陈代谢。要实现这一点，关键是依靠作家的核心品质：历久弥新的天真气，而这正是王小波的最强项。他游历广泛，中小学在北京，插队在云南、山东，毕业于人大，游学美国、欧洲各国，任教北大、人大，40岁索性辞职，变成体制外的自由写作者，直到45岁心脏病猝发去世。驰游四海的阅历，一点儿也没让他"成熟"起来，少年的梦永远飘扬在心里："我十七岁到南方去插队。旱季里，那的天空是蓝湛湛的，站在小竹楼里往四下看，四外的竹林翠绿而又苗条。天上的云彩又洁白又丰腴，缓缓地浮过。"他想把寂寞的生命写出价值，"午夜时分，我从床上溜下来，听着别人的鼻息，悄悄地走到窗前去，在皎洁的月光下坐着想。似乎有一些感受、一些模糊不清的字句，不知写下来是什么样的。在月光下，我用自来水笔在一面镜子上写。写出的字句幼稚得可怕。我涂了又写，写了又涂，直到把镜子涂成暗蓝色，把手指和手掌全涂成蓝色才罢手。回到床上，我哭了。"

"我哭了"——生命偶然而透明，经不起八面玲珑的打磨，王小波给自己画了一个精神家园，从此日夜守护它："用宁静的童心来看，这条路是这样的：它在两条竹篱笆之中。篱笆上开满了紫色的牵牛花，在每个花蕊上，都落了一只蓝蜻蜓。"这是他1995年写的文字，43岁的年龄，3岁的眼睛。

不少人很年轻就老了，固化在岩石般的现实中，做不了什么别人没做过的事，说不出什么别人没说过的话。虽然也年轻过，但从未青春过，多么可惜。在今天再读一读王小波的话，更有春暖花开的暖意：

　　"人活着总要有个主题，使你魂梦系之。"

　　"我要找出一些响亮的句子，像月光一样干净。"■

认识世界不是件容易的事儿

《活着回来的男人：一个普通日本兵的二战及战后生命史》的作者是日本社会历史学家小熊英二，主人公是他的父亲小熊谦二。这是一个漫长而经历坎坷的故事，人生中充满死亡、战争、迁徙、苟且与顺应。小熊谦二1925年出生于北海道，1932年被外祖母接到东京。那时候，涌入东京的农民因为既无学历又无技能，很多人选择开一间小小的零售店，以至于1930年的东京"平均每16户就有一家糕点店，每23户就有一家米行"。小熊谦二的外祖父一家身为底层的外来人，贫困渗透在生活的每一个细节。"几乎有米饭和带有咸味儿的东西就可凑合上一顿"。

1944年11月20日，预料中的时刻到来，小熊谦二被征兵入伍，成为一名通信兵，驻扎在中国东北牡丹江市。1945年8月，从未放过一枪的他变成苏联军队的俘虏，被押送到西伯利亚的战俘营干苦力。扛大包、砍大树、挖大河……零下三四十摄氏度的冰寒中，生存得苦不堪言。"营养不良后变得尿频，身体再差些就会拉肚子"，不少人"不到一小时就得去厕所"。厕所在屋外，"在零下40摄氏度的夜里走到户外，并不会感到寒冷，而是感到疼痛。因为屁股是圆的，还不至于冻伤，会冻伤的是突出的鼻子或手指。如果鼻子冻红了，不小心翼翼地取暖回温，鼻子就会掉下来。"

关于这段生活，小熊谦二并没有"命运悲惨"之类的感叹，他后来说："我没想过这些问题。光是要活着就耗尽心力了，那种抽象性的思考，应该原本就属于更高层级的人。"这听上去很麻木，但略一体会，却比"抽象性的思考"更加痛苦，更有普通百姓的无奈。大概也因为这份不思不想的顺承，使小熊谦二少了些心理磨难，牛马羔羊一样熬过了3个寒冬。他总算在1948年8月结束了战俘营生活，回到日本。战后的日本一片废墟，他找不到固定工作，漂泊于各种杂活儿中，运猪、记账、做糕点、做采购员、制版，太辛苦的工作和太差的营养让他得了肺结核，切掉了一半肺，出院后只能干轻活儿。收入捉襟见肘，租不起房，他只好投靠妹妹。"因为房间狭小，只放得下一套棉被，铺棉被时一个人得先到房外等候，躺下时只能两个人盖一条棉被睡觉。"就这样辛苦到1958年，眼看生活难以为继，却迎来了转机。随着日本经济进入高速发展时期，"拥有一定收入的阶层，便开始过起大战之前中产阶级的那种生活。一般的劳工阶级也从战前的《少年俱乐部》等杂志上，得知一种极度理想化的都市中产阶层生活方式"。这"都市中产阶层生活方式"的一个重要部分，就是高尔夫、滑雪、保龄球等等体育运动。小熊谦二适应潮流，入职一个卖体育用品的小公司，生意顺风顺水，竟然也渐渐成为"一亿总中流"的一员。

1961年，37岁的小熊谦二结了婚，妻子宽子32岁，是个离过婚的女人，有个名叫刚一的5岁男孩。这桩婚事谈不上浪漫，"宽子的母亲好像严格命令她，要在刚一上小学之前找到新的结婚对象"。而小熊谦二正好"也想找结婚对象"，和他同住的妹妹更急于"离家独立"，"3个人的利害关系完全一致"。宽子虽然知道新郎动过肺结核手术，上半身不大对称，但第一次洗澡时看到小熊谦二脊背上的手术痕迹，瞬间"吓呆了"，"没想到这么严重，如果结婚前就知道的话，这婚事大概就告吹了"。幸好婚姻大事还是顺利完成了，离过婚、生过孩子的宽子很有经验，她把家里收拾得井井有条，不久又生下一个男孩，小熊谦二此后的人生终于平稳下来。不过生活的不幸总是猝不及防，刚一在父母外出探亲时从屋顶摔下来死了。宽子从此变得郁郁难欢，儿子死亡的阴影长久挥之不去。

这样一本书，尽管源自一位老人的口述，背后却是日本80余年的浮沉。不起眼的草根视角，掀开了日本社会的另一面，底层百姓的种种生态，改变着人们对日本现当代史的单面印象。这种书很值得一读，它能给人扩充，给人意识的转换。一个现代人最大的毛病是自我封闭，读过一点儿书，有一点儿经历就停止了，固化在简单的观念和逻辑中。反映到生活中，这些人听到不符合自己想法的观点就驳斥，看到与自己不同的东西就拒绝，仿佛世界上只有100％拥护和100％反对的事物。如此绝对，怎么会有健全的思想？认识世界不是件容易的事，面对无限复杂的人类社会，每个人都应该对自己保持30％的怀疑，在这个自我怀疑的空间中求知、思索、更新，在自我怀疑中破除自闭、自恋和自大。

小熊谦二晚年做了一件事，即参与中国朝鲜族被日本征兵、被俘人员的集体诉讼，要求日本政府进行赔偿。这事虽然没有完全成功，但也给小熊谦二的一生增添了正义的暖色。除此之外，他还不断给几个国际非政府组织捐款，支持各种慈善事业。"我拥有'自我良心'，所以才会持续这么做"——唯有如此，一个普普通通的人才能过得没有遗憾吧。■

每天与自己擦肩而过

美国人威廉斯的小说《斯通纳》中的主人公斯通纳是美国中部一户农民的儿子，19世纪末期的美国乡民"过着卑贱、辛苦、坚忍的生活，他们共同的道德信仰就是把自己的脸交给一个严苛不公的世界，而那一张张脸毫无表情，铁硬又荒凉"。农民的世世代代啊，就是带着这样的精神底色。斯通纳考入哥伦比亚大学的农学院，梦想开辟与父辈不同的生活。这也是千千万万乡村青年的奋斗之路，为历史加入了无穷的动力。

这部小说写的并不是一个顺流而下的小蝌蚪，而是一个既错失时代又错失自己的人。一切开始于那门文学概论课，斯隆教授在课上朗读莎士比亚的十四行诗，让斯通纳解释其中的含义。

在我身上你或许会看见这种时日的暮光，

日落后渐渐消失在西方；

黑夜，死的化身，慢慢把它赶开，

在安息中笼住万物。

斯通纳无言以对，"感觉到血液在无形地穿过纤细的血管和动脉流淌着，从指尖到整个身体微弱又随意地颤动着"。这身体语言使斯隆教授一眼看出了斯通纳与别人的不同：他没有鹦鹉学舌的陈词滥调，也没有故弄玄虚的长篇大论，在难以言表的莎士比亚面前，他的生命忘情地倒流了回去，融入地老天荒的无言。

"是因为爱，斯通纳先生，"斯隆兴奋地说，"你置身于爱中。事情就这么简单。"

然而事情并不那么简单，斯隆教授能感受到的，斯通纳都看不见，犹如岩石看不到自己的内心。"本科最后两年，斯通纳仿佛感觉那段时光虚幻不实，压根就属于别人，那段早已逝去的时光，好像不是他习惯的那样正常流逝，而是断断续续地流逝着。"

斯通纳按部就班地读完本科、硕士、博士，最后留在本校当了教师。一条标准的曲线，看似完美，却缺乏一个最关键的因素：选择。他一路的足迹，都在按照现实公认的标准，波澜不惊地前行。他心中那沉默的"莎士比亚"，湮没在常规中。他不知道自己的"个别"，更不知道自己的现代价值。

最黑暗的时刻终于到来，而那一刻却那样美丽：他被一位"年轻女子的样子吸引住了。她五官柔美的脸冲着自己旁边的人微笑。斯通纳注视着她，深感自己何其粗笨，刹那间他的眼神碰到了女孩的眼睛；那双眼睛又大又苍白，似乎从里面闪烁着某种光"。就在这神秘的"刹那间"，斯通纳看上了伊迪丝，她的眼神让他仿佛看到了"世界上最美的女人"。但他完全不知道，她"生活中没有一天曾经独处过，稍微关心下那个自我。她从来没有想过可能要对别人的幸福生活负责"。这是一个多么悲剧性的开始！在中产化的社会里，一个被父母精心"富养"的女孩，并不会获得充沛的贵族精神，而种下的无数未满足的欲望，都要在婚姻中得到实现。婚姻变成一个自我实现的概念，一个自我填空的范畴，一个精心设计的计划，斯通纳的未来瞬间落入种种意想不到的处境中。

尤其是受孕这一段：斯通纳下班回家，看到伊迪丝已经准备就绪，"赤裸裸地躺在光秃秃的床上。门打开时，起居室的光落在她身上，她把头转向斯通纳，但并没有起来。她的眼睛睁得大大的，就那么盯着，张开的嘴巴传出微弱的声音……忽然，她的双手像爪子般伸过来，他几乎跳着躲开了！但是这双手只是伸向他的衣服，紧紧抓住，开始撕起来，把他拉到自己旁边的床上"。这疯狂未必可笑，但可怕的是，两个月之后伊迪丝有了身孕，那两个多月的大部分时间在她内心咆哮的对斯通纳的饥渴就已经停止了。她清楚地向丈夫表明，无法忍受他的手在自己身体上的抚摸（摩），开始变得好像连他看看都成为某种冒犯。什么叫凄凉？在伊迪丝的意识中，她俯视着他，始终胜利在握。

世界上没有什么事情不可能，但斯通纳却注定孤独一生。他后来也激情澎湃地爱上了女博士凯瑟琳，她也那么沉醉地爱上了他，"只有在爱的时候才会对自己有所了解。有时，跟你一起，我感觉自己就是这个世界上最浪的荡妇，世界上最饥渴和忠实的荡妇。你觉得这样得体吗？"多么真切的生命感！但是在最后关头，斯通纳还是放弃了。

他平静地说："如果我把这一切都抛弃了 —— 如

果我放弃了，一走了之——你会跟我走吗，会吗？"

"会。"她说。

"可是你知道，我做不到，你知道吗？"

"嗯，我知道。"

这就是斯通纳，他和自己的本命永远只隔着一层纸，却一生走不过去。这仅仅是斯通纳吗？这就是芸芸众生。

斯通纳最后死于癌症，当时他是否想起当年课堂上朗诵的莎士比亚十四行诗？那最后两行，是斯通纳全部生存的反面映照。

目睹这些，你的爱会更加坚定，

因为他转瞬要辞你溘然长往。

溘然长往！那失去的一切滚滚而来，在你生命的那一边滔滔而去，燃着冰凉的火焰，永不复返。■

希望在女人身上看到鲜活的情欲和美丽

井原西鹤生于1642年，正是德川幕府的前期，大批武士、町人（商人和手工业者）聚集江户，一座新城腾腾升起。井原起初以写俳句闻名，42岁时，在"大矢数"表演中，他竟能在24小时内写出23500首俳句，平均每分钟16句！不过此时的井原已经渐渐厌倦了俳句，开始向"浮世草子"（通俗小说）倾斜，陆续写出《好色一代男》《好色五人女》《好色一代女》，开辟了日本"町人文学"的新方向。

我初读《好色一代女》时，觉得很新奇。女主人公出场时已是70岁老妪。她大半生浮沉于烟花柳巷，"但凡世间女人能做的营生我统统都干过了"。其中一段经历，是充当大阪河流上的"歌比丘尼"。

满载美女的小舟，破水驶入大船林立的浅滩，掌舵的是一个上了年纪的老头，正悠然地端坐船尾划桨。……她们一边叫着"化缘了、捐钱了"，一边深情款款地唱着流行的情歌小调，把那些男人一个个都勾出魂来。若是有客人喊自己，也不怕被人瞧见，就那么明目张胆地转移到停泊的大船上，与陌生的汉子合卺而欢，然后若无其事地从舱口探出身子，将百文的钱串子心满意足地放进袖口，此景真是让人哭笑不得。若是碰着客人正巧没有现金，也可用薪柴代替，或是开了膛的鲐鱼也无妨。

这文字里满满的色欲和金钱，都是浮世的凄迷。但慢慢体会，也有人间的无奈和温存。有了这样的阅读，想起前几年讲小栗康平的电影《泥河》，对镜头里大阪那条单薄的卖淫船，不禁有些天然的同情。一切色情背后，还是人类燃烧不绝的原欲，把这些都消灭了，世界会很干净，却没有生命。

《好色一代女》最入情的一笔是女主人公的初恋。13岁的她爱上了一个下层武士。

世上恐怕再没有比情爱更莫名其妙的东西了。

那些钟情于我的大多是气宇轩昂、洒脱放逸的翩翩公子，但我与他们却没有什么深交，倒是与一位官阶低贱的下等武士越发亲密。这段恋情的初始，我并没有全身心投入其中，可他却死心塌地，爱得义无反顾，一开始就在信上发誓，为了这段感情失去性命也在所不惜。后来，我也朦朦胧胧地坠入爱河，总想方设法与他幽会。终于，我把自己的身体交给了对方，这则绯闻也随即传开了。可越是这样，两人的感情越是如胶似漆。一日清早，我们的事终于败露了。作为惩罚，我被赶回了宇治桥边的老家，而那个可怜的男人却因此命丧黄泉。那四五天里，我简直混沌度日，整天徘徊在梦境与现实之间。

这一段写得性情毕现，起落都在未知中，尽显13岁少女的懵懂天性。人一长大，渐渐三思而行，就失去了这份天真，人生的文本大半不能自己书写，也就隐去了种种尽情。

看《好色一代女》，我不由得想到舍伍德·安德森的《小城畸人》。这本小说集出版于1919年，与《好色一代女》相隔了200多年。我印象特别深的是，《小城畸人》

中几乎每个女性都深深沉陷在"情欲"和"美丽"的对立中，与《好色一代女》的情色滔滔截然不同。"美丽"是一个远远高于"漂亮"的理想，包含着道德正确、文化正确、审美正确的综合要求，无边无际地覆盖在女性生活的一切细节中。例如《历险记》里的爱丽丝，与记者内德相恋，终于在"月光下的草地上"有了第一次性爱。之后里德去了芝加哥，不久杳无音信。爱丽丝相信自己是个好女孩，好女孩一生只属于一个男人，她无比坚贞地等着他。

> 在她看来，将那只属于内德的东西再给予另一个人，是一个多么丑恶的想法。当有其他小伙子想要追求她时，她总是把界限划得一清二楚。"我是他的妻子，无论他是否会回来，我都永远是他的妻子。"她低声和自己说道。虽然她愿意自力更生，却是无法理解逐渐崛起的女性拥有自我、为自己而爱的现代观点的。

爱丽丝纯净的自我约定，使她沉浸在清教徒般的深重压抑中，情欲如黝黑的夜，一点一点地耗尽了她的生命。最终她在一个雨夜突然崩溃，她在窗边站了一会儿，听着雨打在玻璃上，忽然被一种从未有过的欲望迷了心。她没有缓一缓，想想自己到底要做什么，而是径直跑下楼，穿过昏暗的屋子，跑到大雨里去。她站在屋子前的一小块草地上，感受冰冷的雨落在身体上。她一心想要裸着身子跑到街上去。

她觉得雨有一种造物的神奇力量，作用在身上，使她的身体充盈着久违的年轻与勇敢。她想跳跃，想奔跑，想大声呼喊，想找到一个同样孤独的人然后拥抱他。

在《小城畸人》中，爱丽丝这样的女性一个又一个，与《好色一代女》遥遥相对。女性的悲剧，正如《小城畸人》中那个窥视女人的牧师所说："男人有权利希望在女人身上看到鲜活的情欲和美丽。"因此，男性读《好色一代女》认为她不够美丽，读《小城畸人》又感觉她缺乏情欲。在两难之中，女性失去的是完整的生活。 ∎

撩去生活坚固的面纱

母女关系是英国作家毛姆的《面纱》中值得细细体会的一点。凯蒂的妈妈贾斯汀夫人"是个尖酸刻薄的女人，她支配欲极强，野心勃勃却又吝啬小气、十分愚蠢"。她年轻时的愿望是丈夫可以飞黄腾达，自己跟着享受荣华富贵。这个愿望落空之后，她随之而来的愿望是女儿嫁到上流社会，让自己风光无限，"要给女儿找的不是一个好丈夫，而是一个杰出的丈夫"。是用女儿的婚事实现自己的人生梦想，还是让女儿在自己的爱情选择中建立独立生命的起点？这是完全不同的价值观，划分了母女关系中的恶与善。年轻的凯蒂，面临着生命中第一次巨大的考验。

可悲的是，尽管凯蒂反感母亲的强势安排，但她在家庭生活的潜移默化中，还是继承了母亲的生活逻辑。她被大家称为"美人胚子"，这天生的漂亮反而害了她。

母亲不断地提醒她，"再过一两年她就不那么漂亮了，而漂亮姑娘可是年年都有"，但凯蒂挑花了眼，总是要找"更好的"，在一场场舞会中她不冷不热地与追求者们友好地交往，同时小心地和他们保持着距离。她的博弈策略很实际：女人既然都要结婚，那就一定要找个性价比最高的。她虽然身处20世纪初期女性觉醒的时代，但她从来不会用现代的眼光看生活。现代女性的爱情，绝不宿命般地信奉"一定要结婚"，也不会像灰姑娘一样日夜盼望梦幻般的王子。最有力量的信念是独立，很多女性甚至根本不想结婚，只是遇上了那个不得不和他结婚的人，世界才瞬间柔软下来，爱情才熠熠闪光。

　　一晃经年，凯蒂25岁了，按照通常的惯性，凯蒂大概率是朝着大龄未婚的方向发展。这没什么不好，至少不会丧失自由。但风云突变，她以超快速度嫁给了病菌学家瓦尔特。这个瓦尔特"根本不是她喜欢的那种类型。个子不高，一点也不强壮，又小又瘦。和他渐渐熟悉之后，凯蒂觉得跟他待在一块儿会让她浑身不自在。他太死气沉沉了"。凯蒂嫁给他，表面上是因为母亲不断地催婚，因为妹妹已经有了结婚对象，更深的缘由是来自她的冲动型性格。和瓦尔特结婚后她可以远走高飞，跟随丈夫去中国香港，彻底告别压力如山的旧日子。冲动中她完全没有意识到一个根本的问题：她不爱他，她的青春还缺少一次烈焰飞腾的恋爱。她带着这样一个庞大的问题结了婚，这能量不会消失，必然会在时间的燃点中爆发。这也是世间通则：问题都是击鼓传花，为"解决问题"而结婚，总会埋下更大的问题。

果然，来到香港，凯蒂遇上了唐森，一个精致优雅的利己主义者。他风度翩翩，情话绵绵，淋漓尽致地表现着一个不负责任的男人能够多么潇洒。幽会、上床、欢笑……最后，凯蒂向发现私情的瓦尔特摊牌。她万万没想到，平日木讷拘谨的丈夫竟然有着洞察一切的高智商，他痛切地告诉凯蒂："我知道你愚蠢、轻佻、头脑空虚，然而我爱你。我知道你的企图、你的理想，你势利、庸俗，然而我爱你。我知道你是个二流货色，然而我爱你。……我从未奢望你来爱我，我从未设想你会有理由爱我，我也从未认为我自己惹人爱慕。对我来说，能被赐予机会爱你就应心怀感激了。"如果我们因此把瓦尔特想象成一个痴呆呆的情种，那就大错特错了。他因为摆脱不了对凯蒂的爱而极其痛恨自己，并为此做出一个决定：带着凯蒂去中国南方暴发霍乱的湄潭府，在病菌乱飞的死亡之地葬送生命，或她，或他，或全部。

写到这里，故事的色调来了个大转换，凯蒂带来的问题像霍乱一样传染到瓦尔特身上。他变成了一个奇怪的混合体，一半是复仇的希斯克利夫，一半是疑虑满心的哈姆雷特。他埋头于拯救病患的繁忙中，每天敲击死亡冰冷的大门。最后，他真的染上了霍乱，奄奄一息。在凯蒂痛苦的呼唤中，他说出人生的最后一句话："死的却是狗。"

是啊，"死的却是狗"，他什么都明白，更知道一切不能重来。凯蒂为了解决自己的困境嫁给了他，却像狗一样伤害了自己的丈夫；受伤的瓦尔特反过来也焕发了"狗性"，逼迫凯蒂来到湄潭府这个死地。他没有想到，艰难中的凯蒂已经变化，她奋不顾身地看护贫苦的霍乱病人，在忘我中发现了新世界："她感觉自己在不断地成长。没完没了的工作占据了她的心思，在和别人的交往中，她接触到了新的生活、新的观念，这启发了她的思维。她的活力又回来了，她感觉比以前更健康，身体更结实。如今她什么都可以做，就是不会哭了。"这个"新凯蒂"，瓦尔特并没有看到，他怨愤，打不开天高云散的新生活，走不出爱的挣扎，归根结底，他走不出对自己无限的恨！

　　《面纱》云遮雾罩，深藏着现代人生命中的一道道高坎。明察者未必自明，起点未必决定终点。世上的人大部分都是凯蒂、脆弱、单薄、浑身挂满局限，很难像《面纱》中的女修道院长"抛弃了琐屑、庸碌的一生，把自己交给了牺牲与祈祷的生活"。人生就是撩去面纱的过程，劳作、恋爱、婚姻、独行……都是修炼。拨开阴影一重重，才发现逝者如斯，万事都流走，只留下一句《面纱》中的箴言："征服自己的人是最强的人。" ■

为生命而读

《为生命而读》这本书收录了50篇书评，书评的绝大部分与虚构类的文学作品有关。作者是大名鼎鼎的约翰·伦纳德，《纽约时报》的每日书评人。书中的文章写于1958年到2005年，被评论的很多是世界一流作家的书。《纽约时报》的风格天下皆知，高贵、严谨、偏向保守主义，是传统精英的趣味标准。伦纳德谈文学，自然不会是那种看上去笔锋华丽，回想起来没什么余味的任性文字。

读名著有一个极大的误区，总以为从第一页到最后一句，每一处都不同凡响。其实一部经典，有5％的文字能超出同时代文学的普遍水准，那就不得了了。这就像攀登高山，爬到8000米的人有一大堆，最后登上8848米珠峰之巅的少而又少。好的评论家能把这种区别看得很清楚，如同剥笋一样丢掉那些废壳，找到最精华、最有价值的部分。伦纳德在评论帕斯捷尔纳克的《日瓦戈医生》时，盛赞它是"一部表现了集权统治中的个人命运的著作"，同时又率直地指出这本获得诺贝尔文学奖的长篇小说结构混乱，"对于那些重要的巧合并无任何解释"，"时间顺序、地理空间和人物形象全部混同为一种出色的、激动人心的，同时又极端混乱的蒙太奇"。最后伦纳德干脆说，"帕斯捷尔纳克不是一个小说家，小说不是属于他的文类"。这些话说得真好，解决了我们在阅读中感受到的困惑，却总是用各种"艺术分析"为帕斯捷尔纳克圆场，似乎其中有无穷的奥妙。只有伦纳德一眼看到问题所在："《日瓦戈医生》是一位诗人创作的小说，正因为如此，其文学形式既显得过于宏大，又显得过于受限。"这样的分析需要丰厚的文学修养，对文学、文体、文心有精细的感知，更需要一种对作家的平视感，绝不能被外在的光环扭曲正常的判断。

评论家往往是一只学术袋鼠，肚子里装着很多概念、范畴、逻辑，习惯用一己的高雅，俯视文学的驳杂，把无序的丰富都收入他精致的理论宝瓶里，让一切九九归一，变得严整而单调。伦纳德不同，他总是用感性的语言直接命中作品的中心，让读者看到自己的盲区。谈格拉斯的《铁皮鼓》时他一反时见，重新阐释长不大的主人公的历史指涉："奥斯卡象征了德国艺术家，他们本来应该成为国家的良知，却选择永远待在幼年时期"——这段话在中国读起来惊心动魄。谈马尔克斯的《百年孤独》时他注意的是孤独背后可悲的轮回："孤独证明了人自身走向死亡的必然性，你意识到，这一可怕的忧虑本身也会随你的死亡而一同死亡，这一点将无休无止地一再被发现，并再度被遗忘。"这已经是对人的终极关怀的极限，达到了文学的深空。在描述鲍勃·迪伦的艺术创作时，他的评价更是禅意无穷："想要笑需要付出很多，想要哭却只需坐上火车。"这句话可能是永远没有终点的无理数，却总是涌现出无穷尽的联想数列……

伦纳德小时候是个孤独的男孩，他说自己"因为得不到和姑娘约会的机会，于是变成了一个读书人"。有的人读了很多书之后，将知识资本化、权贵化，又获得了"和姑娘约会"的生活，不但用实践证明了"书中自有颜如玉"的古老箴言，也在社会等级中固化了自己的文化属性。伦纳德的写作完全是另一种路径，他的文字独立而自由，不依附于任何潮流，读起来知识丰厚又充满批判和怀疑精神。我很喜欢他对女作家莫琳·霍华德的中篇小说《大如生活》的评价："这部令人惊叹的小说的特点。(,) (是) 尽可能多地了解了可能的事情,可是又没知道得太多因而变得万分确定,以保证选择是正确的 —— 让自由意志有回旋的余地。"这正好是伦纳德文学评论的特质:让话语止步于恰当的边界,不让自由意志凝固在"万分肯定"的自恋自闭中。在当下中国的文化语境中,这显得尤其珍贵。■

霍乱黄旗下的情人

马尔克斯写的《霍乱时期的爱情》，这本小说从头到尾都发着热，人物活得轰轰烈烈。结尾处，老年的阿里萨与费尔明娜上了船，"第二天，天蒙蒙亮时就起锚了。没有货物，也没有旅客，主桅杆上一面标志着霍乱的黄旗欢快地飘荡。……他们仿佛一举越过了漫长艰辛的夫妻生活，义无反顾地直达爱情的核心；他们像一对经历了生活磨炼的老夫老妻，在宁静中超越了激情的陷阱，超越了幻想的无情嘲弄和醒悟的海市蜃楼：超越了爱情。因为已经在一起生活了足够长的时间，足以发现无论何时何地，爱情始终都是爱情，只不过距离死亡越近，爱就越浓郁。"这一节的色调如熟透的芒果，发出金灿灿的坠地声。与现代爱情小说的浪漫抒情不同，马尔克斯把这一切都归于"自然性"，他告诉采访者，他的小说"基于我祖母过去讲故事的方式。她讲的那种东西听起来是超自然的，是奇幻的，但是她用十足的自然性来讲述。当我最终找到我要用的那种调子后，我坐了下来，一坐坐了十八个月"。用"祖母的"方式讲故事，这对习惯于追求"现代性"的中国作家来说，并不容易。

今天读《霍乱时期的爱情》，用翻译机翻译西班牙语，其中念了少女时代的费尔明娜与阿里萨分手那段。

　　她回过头来一看，在离自己的眼睛两巴掌远的地方，是两只冷若冰霜的眼睛，一张苍白的脸，两片因胆怯而咬紧了的嘴唇，就跟那天在望大弥撒时他第一次和她近在咫尺的情况一模一样，有所不同的只是热恋的激情变成了不满的冷峻。一刹那间，她发觉自己上了一个天大的当，惊讶地在心里自问，怎么可能让一个如此冷酷无情的魔鬼长年累月地占据自己的芳心。她仅仅来得及想："我的上帝哟，真是个可怜虫！"阿里萨勉强一笑，开口想说点什么，试图跟她一起走，但她把手一挥，把他从自己的生活中抹去了："不必了，"她说，"忘掉吧。"

　　就在这天下午，她父亲睡午觉的时候，她让普拉西迪娜给他送去了一封寥寥数语的信："今天，看到您，我如梦初醒，我们之间的事，无非是幻想而已。"

　　翻译机的女声流畅地念出西班牙语，我一个字也听不懂，语调没有一丝悲伤，然而平静中隐隐弹拨着生活的悠长。命运之爱也许都要经历"忘掉吧"的诀别，在细若游丝的侥幸中才发现彼此还拽着对方。这难道就是青春？寸寸断断，野火春风。■

24

做一个能看到野鹤的少年

美国女作家露西亚·柏林有一本短篇小说集《清洁女工手记》。送我的人说"你一定喜欢"。我当时一看，是本台湾地区出版的繁体竖排本，顿时好感冉冉。我一向喜欢繁体竖排版的书，读起来更有中国书卷的感觉，而且因为竖排，不能像横排的那样一目十行，看书的吸收度更高。前几天我抽空读了几篇，十分惊讶地发现，这是个特别有才华的作家，尤其是对人类社会环境的描写，细节如炭笔画洗练直接，传达出让人悸动的原始气息。《小流氓》中，"留长发，玩闪光灯，吸大麻和迷幻药"的辍学"小流氓"杰西突然想去看野鹤，于是和当老师的"我"寒冬半夜潜行湖边，趴在雾气蒙蒙的地上"冻了好久"，终于看到野鹤飞来：正当天空变成灰蓝色时，一下子来了好几百只。它们慢慢地下降，蹬着弱不禁风的双脚落地，飞快地洗澡，在岸边梳理羽毛。眼前的景象突然失去了色彩，只有黑白灰，仿若放完制作人员名单的电影，剧烈翻腾。鹤群在上游喝水，脚下银灰闪烁的流水迸裂成许多许多细小的碎纹。一转眼，鹤群振翅而去，一大片雪白的身影，扬起"唰唰唰"的声响。

这篇小说几乎没有什么情节，就是一个看野鹤的场景。作家本人克制住了讲故事的本能，让"小流氓"很奇怪地当了一回天真少年。吸大麻和看野鹤的并行不悖，留给了读者许多疑问，在"小流氓"的内心，有一片能落下鹤群的野地，为什么他在社会生活中却像野鹤一样无处立命？露西亚并没有像塞林格那样把讽刺都投向社会，而是在大自然与社会秩序的对比中，写出人类文化的逼仄。社会的容纳力十分羸弱，只能在有限的分类法中把人强行排列，甚至将枝叶初成的少年划分到"小流氓"的另类中。

露西亚将"小流氓"写得很可爱，而把成人中的"精英"描绘得极其可笑。《矢车菊》里的玛利亚50来岁，乘飞机去得克萨斯州看望"通信很多年"的情人。情人狄克森是个学者，玛利亚翻译过他写的哲学书。虽然神交多年，但她一想到"戒酒之后从未在别人面前脱过衣服"，便对这次远行有些害怕。因为她和那个"老情人"

狄克森从未见过面。两个人相见后进展颇为暖心，狄克森"在她身旁躺下，紧偎着她，直到她醒来，两人开始做爱，就是这么简单"。然而好景不长，两个人开始谈文学的时候，气氛突然紧张起来。狄克森如数家珍地谈论着海德格尔、维特根斯坦、乔姆斯基、德里达，玛利亚尴尬地说自己根本没读过，甚至没听说过这些人。狄克森陡然大怒，大吼起来："那你这一趟就白来了，只是闹剧一场。真正的我，都写在书里，我们不用再聊了，再讨论下去毫无意义。"

小说的结局，当然是玛利亚精疲力尽地返回奥克兰老家，虎头蛇尾的爱情之旅就这样结束了。古希腊戏剧的核心要素是"发现"，这也是一切文学作品的要义。《矢车菊》的发现是什么呢？是那个满口哲学的狄克森，一个越活越凌空、越来越远离大地，自诩、自闭、自圣，沉溺在自我化的世界中的教授。他永远不会去看野鹤，永远是一副德高望重的样子，永远用铁锤打击一切与自己思想不同的人。这类人不但到处都有，更可悲的是，他们往往掌握着人类的话语权。《矢车菊》仿佛印证了福柯的论断：话语绝对不是一个透明的中性要素，而是某些要挟力量得以膨胀的良好场所。

露西亚曾经长期酗酒，这让她懂得自己的不完美和卑微，远离了自恋的陷阱。大概因为如此，她能更真切地感受这个世界，触摸人间粗糙的表面。我很喜欢这样的写作，读《清洁女工手记》犹如跳伞，是一个思想降落的过程，语言一米一米地靠近大地，直视万物的原色，而不仅仅是作家自美自溢的欲望。■

25

一个默契的相遇，给你永恒的瞬间

"如何创造小说中的决定性瞬间？"这是个有针对性的题目，因为很多作家都忽视了这个问题。一个好作品被人记住的，往往并不是故事整体，而是其中最难忘的瞬间。这个瞬间可能出现在小说的任何地方，拉紧并决定了整个作品的走向。在《了不起的盖茨比》中，发了大财的盖茨比邀请昔日恋人黛西来家里做客，如此心情复杂的时刻，他笨拙地向她展示自己拥有的衬衫。

> 他拿出一堆衬衫，开始一件一件扔在我们面前，薄麻布衬衫、厚绸衬衫、细法兰绒衬衫都抖散了，五颜六色摆满了一桌。我们欣赏着的时候，他又继续抱来，那个柔软贵重的衬衣堆越来越高——条子衬衫、花纹衬衫、方格衬衫，珊瑚色的、苹果绿的、浅紫色的、淡橘色的，上面绣着深蓝色的他的姓名

的交织字母。突然之间，黛西发出了很不自然的声音，一下把头埋进衬衫堆里，号啕大哭起来。

"这些衬衫这么美，"她呜咽地说，她的声音在厚厚的衣堆里闷哑了，"我看了很伤心，因为我从来没见过这么 —— 这么美的衬衫。"

看过房子之后，我们本来还要去看看庭园和游泳池、水上飞机和仲夏的繁花 —— 但是盖茨比的窗外又下起雨来了，因此我们三人就站成一排远眺水波荡漾的海面。

"要不是有雾，我们可以看见海湾对面你家的房子，"盖茨比说，"你家码头的尽头总有一盏通宵不灭的绿灯。"

黛西蓦然伸过胳臂去挽着他的胳臂，但他似乎沉浸在他方才所说的话里。可能他突然感到那盏灯的巨大意义现在永远消失了。

这一段看上去仿佛是个不起眼的细节，却凝聚了整本小说的全部悲剧能量：在那个"爵士时代"，衬衫是男性社会地位和财富的象征，黛西虽然也是有钱人，但此刻也被盖茨比的巨富震撼了。"这些衬衫这么美，我看了很伤心……"她对盖茨比的感情在哪里？并非一点儿也没有，但被"这么美的衬衫"彻底替代，盖茨比的徒劳在这一刻被决定性地预告了。

我讲这个题目，其实另有一份心情。在商业大潮中，高楼万丈、霓虹闪烁，人被空前地扁平化，宛如迷宫中的蚂蚁，只有社会外力规定的路径，而没有自己的决定性瞬间。庸常的生活看上去风平浪静，实际上创伤累累，无形中放弃了生命的无限可能。塞林格在《九故事》中写过："因为不能爱而受苦，这就是地狱。生活的碎片，它们轻快、细小，却使人遍体鳞伤，并且有一种景况告诉我们，任何平淡的生活，都延伸出恐惧。"人虽然不可能天天伟大，但能不能拥有一个闪电般的刹那，做出决定自己一生的选择？生活这个剧本，太需要这样的高潮。■

26

意大利男人不是我的菜

　　意大利是文艺复兴的发源地,《十日谈》里那些色眯眯的故事，活力十足。不过物极必反，意大利男人似乎给人多情而不靠谱的感觉，不大受中国女性的欢迎。好几年前一个女硕士要去意大利游学，我和她开玩笑说，意大利男人都是大情圣，遇上个称心的就别回来了。没想到她一脸不屑地说："意大利男人不是我的菜。"这是不是被《十日谈》害的？其实意大利文学中写过很多淳朴坚定的男人，如但丁《神曲·地狱篇》、博亚尔多《热恋的罗兰》、皮兰德娄《西西里柠檬》、卡尔维诺《树上的男爵》中的人物……这个星球上的人从来没有真正理性地生活过，事实是冰凉的，心情是火热的，每个人都生活在情绪与欲望中，用碎片堆积的印象概括世界，这就是人类啊！

　　想找皮兰德娄的小说《已故的帕斯加尔》，可惜没找到。他是个很有洞穿力的作家，看人的生存比其他人深了好几层。我很喜欢皮兰德娄的一句话："精神活动逐渐地从以表面语言解释它的活动中解放出来"——表面语言，生活里有太多太多，生命都被从小到大灌输的表面语言毁坏了，一辈子也没看到真正的世界。皮兰德娄的经典剧作《六个寻找作者的剧中人》是一出幽灵满台的戏中戏，处处有疯狂与乖戾。但看到最后，却让人回到了开始，领悟到"父亲"说的那句话："您要知道，人生充满了无数的荒谬，这些荒谬甚至毫不害臊地不需要真实做外表，因为它们是真实的。"■

27

寒风中独立的女子

美国女作家玛丽莲·罗宾逊的长篇小说《管家》不是那种温情脉脉的女性文学，它的每一页都透发着女性生命的独立感。外祖母西尔维娅最喜欢丈夫埃德蒙的瞬间是他最孤独的神情，他"捡起蛋壳、鸟翅、颚骨、黄蜂巢灰白的碎片，全神贯注地端视这一样样东西，然后将它们放进口袋……在这样的时刻，他忽略了妻子的存在，亦忽略了自己的吊裤带和循道宗教义，可尽管如此，那却是她最爱他的时刻，一个完全无人作伴的灵魂，和她自己的灵魂一样"。西尔维娅去世后的寒冬，家人堆出一个雪人："她的裙子比臀部低了几分，手臂交叉在高于胸口的位置。那纯粹是意外——有的地方的雪硬一些，有的地方的软一些，在若干部位，我们必须拍上干净的雪，盖住滚进原本雪球里的黑枯叶——但她的外形逐渐呈现出一种姿态。虽然在每处细节上，她显得粗糙不均，但整体而言，从她的身段可以看出是个立在寒风中的女子。"

寒风中的女子 —— 这也许是生命最深层的温度，本质上不分男女。

对安徒生《海的女儿》的评价两极分化：有的人称赞小人鱼爱得坚贞不渝，为了爱不惜放弃鱼尾、舍掉舌头，甚至放弃生命化为海面上的泡沫；有的人批判这是男性中心主义的标本，把女性变成了男性的附庸。这样的作品适不适合作为当今儿童的启蒙读物？答案当然是否定的，如今的当务之急是建设现代社会，独立与自由是一切成长的基础，宁可做个"立在寒风中的女子"，也不能变成没有灵魂的空壳。当然这也不是否定安徒生的伟大，在他那个时代，工业革命刚刚启动，女性的社会价值尚未展现，写作者很难从新的思想框架去描写女性的生存。从那个时代的道德情感来看，《海的女儿》可说是200年前女性精神的尖峰，具有超凡的境界。甚至可以说，这种把爱情当作宗教一样去信仰的勇气，正是当下普遍缺乏的坚定性。然而有几个家长能从如此错综的文明变迁中讲清《海的女儿》的历史价值？用作儿童读物，显然太复杂了。

因为《海的女儿》，我把爱尔兰作家科尔姆·托宾的小说《布鲁克林》又读了一遍，还找来同名电影反复观看。与《海的女儿》和《管家》不同，《布鲁克林》的女主人公爱丽丝成长于20世纪50年代，她从爱尔兰小镇跨洋越海，到纽约开辟人生。她一边打工，一边上夜校，成为公寓里第一个获得会计证书的姑娘。她目光炯炯，手握自己的命运，在巨大的跨度中坚定不移——这样的力量，正是现代生活所必需的。在爱情中，她对自己的生命价值特别敏感。当听到男友说，婚后要生几个自己喜欢的球队的球迷时，她顿时感受到了和男友的距离。这距离不但浮现在男女之间，也横亘在爱丽丝和《海的女儿》之间，在学习和劳动中启蒙的一代女性，实现了内心的根本转变。

读着《管家》与《布鲁克林》，深知这只是写"少数人"的文学，也是被普遍赞誉但很难渗透到社会实践中去的作品。康德谈到启蒙运动的时候说过，对愚昧已经成为第二天性的人来说，是很难让他摆脱禁锢独立思考的。他甚至喜欢这样的愚昧，而且刚开始确实不知道如何运用自己的判断力。……一个试图跨过这条鸿沟的人将会面临难以预料的局面，因为他还没有习惯这样的改变。这就是为什么只有少数人能够坚持向前走，只有他们才能够培养自己独立的思维，一步步走出愚昧。站在今天的角度，康德也让人感觉到隐隐的压迫和独断。人是多样的，不同的人有不同的处境，适应不同的生活方式，"愚昧"有时也是不得已的安生。人类社会需要"遗传"和"变异"两个轮子，每个人选择站在哪一边都有合理性。但历史终究要不断地进化，需要从《海的女儿》走向《布鲁克林》。《管家》所写的"试图跨过这条鸿沟"的女性是"无人做伴的灵魂"，读懂它会有些孤寂，但这比漂浮在美人鱼的幻想中踏实得多。■

28

静夜读桑塔格

　　《苏珊·桑塔格：精神与魅力》是一本传记，作者是德国作家丹尼尔·施赖伯。读这本传记，让人心里充满崇敬和追慕。桑塔格一生洋溢着土星气质，不断自我怀疑和自我拓展，活出了伟大的宽度。她对此也有明确的意识，曾说土星气质的标志是"一种深刻的忧郁"，具有土星气质的人"对于自我有自觉的本能且毫不宽容，自我从来不被当作是理所当然的"。从传统角度看，她的一生谈不上完满，1950年（17岁）结婚，1957年离婚，情感之路坎坷多变。她自己回顾，经历了9个情人，5个同性、4个异性。然而越过这些生活的湍流，她的极度敏锐扩展为社会历史的广阔视野，释放出超凡的观察力，刷新了当代文化的感觉。《反对阐释》《论摄影》《火山情人》……一本本原创力十足的颠覆之作，不但形成了她的"不死性"，也证明了女性在思想领域的卓越能力。

我读桑塔格，最感动于她生命的澎湃。很多人年轻时追风逐浪，梦想轻舟远航。他们离开学校后，生活的大珠小珠倾泻而下，人在现实面前步步退缩，日渐微小，最后隐而不见。王安石《伤仲永》中的一句"泯然众人矣"，放到当下，可以概括很多人的隐痛。桑塔格不同，她一生坚持英雄主义，如她所崇拜的本雅明，"带着他的残编断简、他睥睨一切的神色、他的沉思，还有他那无法抛却的忧郁和俯视"一往无前。刚过40岁，她患上了乳腺癌，这使她陷入手术和治疗的长期痛苦中，却激发她写出了《疾病的隐喻》，从大众患者被歧视和排斥的灰暗地带中，发现社会的道德痼疾。1993年，60岁的她还前往炮火隆隆的围困之城萨拉热窝，亲自导演贝克特的荒诞剧《等待戈多》。高傲的诗人、诺贝尔文学奖获得者布罗茨基对她万分钦佩，称赞她是"大西洋两侧最具智慧的人。别人论点的终点恰恰是她的起点，我在现代文学中找不到可与她的散文同日而语的精神音乐"。

桑塔格3岁起就热爱阅读，一开始她被教育读那些"正确的书籍"，都是精英阶层定义的"经典"。社会上大多数人都是这样"正确"地长大的，之后变成"正确"的坚定捍卫者。桑塔格却是个异类，她大学时就"破戒"，正大光明地看色情电影，并且从乳房和阴茎的特写影像中发现了文化转型中的"新感受力"。这似乎离经叛道，其实只是回到知识分子的常识，文化研究岂能只面向那些"正确"的东西？桑塔格的宽度正在于此，她坚决反对用对立的概念面对世界，一切都要放在"整个人类"的基础上平等对待。这需要极强的思辨力，需要大量阅读和广阔地行走。桑塔格年轻时曾对她的爸爸说："我绝不会嫁给一个不喜欢别人读书的人。"这句话，真应该印在每本爱情书的扉页。

我很喜欢这本书里的一段描写："1959年2月，26岁的桑塔格在一个鸡尾酒会上认识了三个人，他们正好是桑塔格幻想的那种知识生活的偶像。酒会在法国哲学家让·瓦尔的家中举行。他似乎并不在意自己的外表，桑塔格在他的裤子上发现了三个洞，人们可以透过这几个洞看到他白色的内裤。科学史家乔治·德·桑蒂拉纳也在场，还有一个长得像让–保罗·萨特的年长男性，'只是比他更丑而且跛脚'，随后他被证实就是萨特本人。"这一段虽然只是个小小的聚会情景，却被桑塔格详细地写在日记里。她当然不是想写一本《世说新语》，而是记下内心的洞察：不拘一格是至高的精神境界，只有孱弱者才如履薄冰精心修饰。自由不但是宏大的奋斗，也是日常生活中的生动细节。■

29

黑塞小说中那些难忘片段

黑塞小说中有些片段，初看时很困惑，只能在生活中慢慢地体会，我们也许会在某一个遥远的时刻恍然大悟，也许永远不得其解。

《艳遇》中，那个工厂主的遗孀"年纪很轻"，热衷于"骑马，钓鱼，种郁金香，养伯尔哈德犬"。就是这样一个奔放无羁的贵妇人，突然把侄子的工友请到家里做客，并支开其他人，与帅气的小伙子面对面。

我突然感到她的两指从我的衣襟伸了进去，轻轻抚摩着我的胸脯，我大吃一惊。我惊愕地抬起头来时，她又用两指按住我，同时两眼直勾勾地注视着我的眼睛。

她缓缓地靠近我，睁大了眼睛。"啊哈，你，"她轻声细语地说，"你真可爱。"她边说边把脸凑近我，我们的嘴唇碰到一起了，无声但灼热，一而再再而三地吻。我抱住她，把这个高挑、漂亮的贵妇人紧紧揽在怀里，一定都把她弄痛了。但她只知道来够我的嘴，吻我时她的眼睛湿润了，充满柔情，晶莹闪烁。

这一段似乎毫无来由，更没有什么结果，因为随后这位夫人与那"真可爱"的小工人再无来往。小工人倒是一吻生情，每夜跑到她的别墅外，"听着狗吠风鸣，看着房间里的灯光"。最后，小工人在深秋季节，"脱下蓝工装，远走他乡"。

这仿佛是个爱情题材的小说，但黑塞把它归入日常。人生中有些情愫的价值正是为了中断，中断是一种最完美的实现。这个工厂主的遗孀"看上了"英俊的小工人，但并不是"爱上了"。世俗中"看上了"之后都是默默地走过，而这个女人却要撩上一把，哪怕仅仅是雪泥鸿爪，也不给人生留遗憾。这危险的愉悦，美丽而残酷，幼稚的小工人，哪里能够参透？

这让人想到黑塞的另一部短篇小说《婚约》。30岁的布店伙计翁格尔特喜欢上了常来买布的16岁姑娘迪尔兰姆，为了她，翁格尔特不顾众人的嘲笑，参加了迪尔兰姆所在的教堂少年合唱团，受尽大家的戏谑。迪尔兰姆心中有数，却不擒不纵，有个人追着终究是好事儿啊！终于，灰色喜剧发展到了悲剧的顶点：在一次郊游中，翁格尔特遭遇恶作剧，冷不防被同行的药剂师举挂到高高的橡树枝头。

"放我下来！"他大声尖叫，"你们赶快放我下来啊！"他的声音嘶哑，感到受了彻底的打击，受了永远无法洗清的奇耻大辱。

而那个药剂师还提议说，罚他表演一个节目才行。大家又都兴高采烈地随声附和。连玛格丽特·迪尔兰姆也叫嚷道："一定要表演完了才能下来！"

……话音未落，翁格尔特已经唱起来，因为他觉得力气快用完了。他呜咽着唱起了《请想一想那个时刻》——第一节尚未唱完，他就支持不住松开了手，尖叫着摔了下来。

翁格尔特的"支持不住"，除了体力不支，更多地来自迪尔兰姆的"兴高采烈"。爱情一往无前，生活只有一个焦点，其余都是虚化的，这会让人产生桃色的幻觉，丧失人生的真实度。翁格尔特在迪尔兰姆"一定要表演完了才能下来"的高叫声中，怆然看到了真相，身体像一只靴子落地了。

黑塞小说中的女性都不那么简单，相比之下，男性总有些不成熟。这种不均衡被黑塞放大到不同的小说中，演绎出多种可能。小说《拉迪德尔》里，20岁的小伙子拉迪德尔爱上了玛尔塔，她"长得非常漂亮，满头金发"。玛尔塔也对他颇有好感，因为她发现他"几乎还留存着童年的天真"，是个"英俊而易于驾驭的青年"，能够把他"创造成一个她能引以为荣和感到自豪的具有大丈夫气概的男子汉，而又不必事事听命于他"。有了这份心思，玛尔塔精心保持着不冷不热，"不要让这样一个还缺乏生活经验的青年过分容易地踏上幸福之路"，要不断地打造他，因为他"身上存在着某些不成熟和稚气"。这使得很单纯的拉迪德尔满头雾水，渐渐失去了信心，崩溃中的他在舞会上被陌生女郎所诱惑，进而坠入失控之旅。

在一番堕落和自省之后，拉迪德尔转行变成一个理发师，在生存在淬炼中变得坚实起来。当他再次来到玛尔塔面前时，两个人都感觉到巨大的变化，"他们每次都意识并感觉到，在那段时间内对方也忍受了很大的痛苦。因此他们都暗自决定，不再毫无理由地在感情上互相伤害"。拉迪德尔提出要给玛尔塔编一个新设计的发辫，她这次毫不犹豫地同意了。

玛尔塔在镜中看到自己非常美，而拉迪德尔站在她身后，还不断地进行修改。此时此刻一种激情战胜了他的理智，他竟然用柔嫩的手在漂亮姑娘的颗颗上方多情地抚摩起来。而她那时窘迫地转过身去并用湿润的眼睛平静地注视着他，一切油然而生，拉迪德尔向玛尔塔俯下身去并吻她，接着被淌着泪水的她紧紧抓住，在她面前跪下，一直跪到允许作为她的爱人和新郎时才站起身来。

我很喜欢黑塞的这篇小说，他写出了爱情的难度，也写出了感情关系中男女的不同期待。在黑塞的叙事框架中，爱情不是起点也不是终点，而是生命成长的一部分，与世界的万物流变息息相关。他在《写在沙上》中说："我们的心便是这样，爱流动、爱飞逝、爱生命，爱得宽广而忠贞，绝不爱僵死的事物。"与那些把爱情写成笼罩一切的绝对之作相比，黑塞的小说更具有人性的复杂与活力。 ■

不对路的婚姻，只能互相毁灭

菲茨杰拉德一生的悲喜和他的小说《人间天堂》关系太大了。1918年7月，他在舞会上结识了法官的女儿珊尔达，一见疯狂，"我喜欢她的勇敢、诚实与火一般的自尊"。为了达到珊尔达提出的"优渥生活"标准线，菲茨杰拉德跑到纽约拼命写作，但因为收入不理想，还是被珊尔达废除了婚约。但珊尔达没有料到，受了刺激的菲茨杰拉德不到一年，竟然一鼓作气写出了《人间天堂》，成为轰动一时的畅销书，连续重印12次，版税收入滚滚而来。菲茨杰拉德底气十足地给珊尔达发电报："书卖得好，速来纽约。"还有什么可考虑的？珊尔达喜冲冲地再次投入他的怀抱，两口子从此开始了泥石流一样失控的豪华生活。各种细节不堪再看，只能说，英俊加美颜，文学加金钱，都不能通向真实的幸福，不对路的婚姻，只能互相毁灭。看到《人间天堂》，每次都想起其中描写主人公艾默里的那段话："他的状况太像舞台上的悲剧，并且最终出现了三个星期毫无节制的狂饮那样令人费解的可怕情景，到了现在他在情感上已经精疲力竭了。"■

31

我大多数时候注意山上的羊群

英国哲学家中，我特别钦佩以赛亚·伯林，他阐发的"消极自由"不仅是现代思想的根系之一，也是后现代主义的重要逻辑基础。这样一位智慧过人的思想家，会如何观察和评价与他相遇的文学家？

带着这个疑问，我看伯林的回忆文集《个人印象》，18篇中首先看的是《回忆弗吉尼亚·伍尔芙》。这篇3000多字的短文记述了两次聚会，一次在牛津大学，另一次在伍尔芙的家里。在牛津的聚会始终在不温不火中勉强延续，女主人不喜欢伍尔芙，"认为她有些傲慢"；伍尔芙的丈夫伦纳德拒绝前来，因为在座的一位内阁成员让他反感，这让伍尔芙满心阴影；另一位牛津教授激动地抱怨说，他的学生们"并没有真正领会诗歌和散文"。

男主人费希尔先生"为了打破僵局"，转入文学话题，问伍尔芙是否看司各特的历史小说。她回答："不，不看，司各特的小说简直就是一堆垃圾。"

读到这里，我禁不住笑起来，女人一掉到情绪化的旋涡里，什么话都敢说。伍尔芙显然在宣泄内心的不适，司各特是公认的英国最好的历史小说家，她岂能不知道？她在一次演讲中曾经这样夸赞司各特："从这一个伟大小说家到另一个伟大小说家那里去 —— 从奥斯汀到哈代，从皮考克到特洛罗普，从司各特到梅利狄斯 —— 就好像是被揪着连根拔起，先向这个方向再向另一个方向抛扔。读一部小说是一门困难而复杂的艺术。如果你打算利用伟大小说艺术家所能给予你的一切东西，你就必须不仅具备极其精细的感知能力，而且具备非常大胆的想象力。"

伯林注意到，"伍尔芙是我一生中见过的最美的女士"，但她那一晚"极度不安和茫然"。男主人费希尔不知如何是好，"近乎绝望地"问伍尔芙是否散步。

　　"你散步吗，弗吉尼亚？"费希尔先生近乎绝望
地问。

　　"是的，我散步，在伦敦比较少，大部分是在

乡下。"

"散步时你注意最多的是什么？"

"我大多数时候注意山上的羊群，它们看起来是
那么虔诚。"

动人心扉！真实的伍尔芙浮出云雾，她的世界，是
最原初的美。这样的小说家必然是苛求的，她只看那些
最单纯、最原始、最自然的生命，对流行的生活抱着深
切的怀疑，如她在《论现代小说》所言，每次读完一部
小说："一个念头老是不断出现 —— 这个值得写吗？"她
苍茫地看到："对于我们来说，目前大为流行的小说形式
往往是漏掉了而不是抓住了我们所要寻求的东西。对于
这个基本要素，不管我们把它叫作生命或者精神，真理
或者现实，反正它离开了，走掉了。"敏感如水的伍尔芙
不适应的岂止是一次精英的聚会，是整个生活啊！

这次聚会发生在1933年，伍尔芙51岁，伯林24岁。
5年之后，伍尔芙邀请伯林到家中做客。她的身份转换
成女主人，伍尔芙还是那个伍尔芙，她问伯林：

"你进来时拿的是什么书？我看见了。"

我说那是亨利·詹姆斯关于霍桑的书。

"我想你是神经不正常了吧，伯林先生，我看你并不像是喜欢做梦或幻想的人，你是这样吗？"

多么单纯的女作家，永远改不掉小女孩的任情，这给人多大的温暖啊！这让我想起几位女作家朋友，最感念的是一见面她们就单刀直入。有次在文汇报餐厅，我们面对面刚坐下，熟悉的女作家就说："废话少讲，先说说你最近那些破事！"一下子感动满怀，这是最信任的人才会说的话啊。

关于第二次聚会，伯林结束时这样写道："和这个不是很有同情心，也不是很和善但非常出色的天才作家一起，我度过了在我生命中非常有意义的三个小时。"

是啊，人生能有几次这样的相逢呢？伍尔芙"不是很有同情心"，也不是"很和善"，但她出现在哪里，就将真实的时空带到哪里。人之相遇重要的不是那些空洞的礼仪和客套，而是本色的互相看见。拨开那些密密麻麻的浮萍，人和人之间才能获得深呼吸的空间，如同伍尔芙所说，向深处看去，生活绝不是"这个样子"！ ■

32

看了7000部还远远不够

佐藤忠男的《日本电影史》三卷本，讲述了1896年到2005年的日本电影史的发展过程。佐藤忠男1957年开始专职于电影评论，他看过的日本电影达7000部以上，有些重要影片看了很多遍，这样的观看量恐怕没几个人能达到，但他仍说"光靠这些还不够"。记得在北京开会时，我听北京电影学院的老师说，他们那里的学生，4年要看1000部电影，各种风格流派都有。当时一听吓一跳，一年要看250部，除了写论文、拍毕业作品之外，岂不是都在看电影？但和佐藤忠男一比，1000部真不算什么，既然做了这个职业，那就得下死功夫，所谓"职人精神"就是这么回事吧？

先看看《日本电影史》中卷第七章，"黄金时代（1950年代）"。长久以来，我一直想搞明白，为什么1950年之后，日本电影突然冒出来一批国际一流影片：

黑泽明的《罗生门》和衣笠贞之助的《地狱门》分别获得1951年和1953年的奥斯卡最佳外语片奖；沟口健二的《西鹤一代女》获得威尼斯电影节大奖；小津安二郎的《东京物语》《麦秋》被公认为世界级的经典之作。佐藤忠男在书里花了很大篇幅，把1949年10月美军移交电影审片权后的日本电影生态梳理了一遍，还扫描了一番当时日本人的社会心态，并联系当时世界电影界的文化风向，对日本电影的"井喷"现象做了尽量详细的说明。一家之言当然不是定论，但我读了以后，忽然改变了对这些影片的认识，看到了影片背后翻天覆地的历史转动。好书就是这样，看过和没看过，人会不同，不仅拓展了知识，也改进了思维和观念。

日本电影确实比中国电影高出一筹，这是我们不能不承认的。只有承认，才能追赶，才有超越。无论是制片人制度、导演、演员、编剧、音乐、剪辑，还是"弁士"这个日本电影的特殊角色，都需要认真琢磨。仅就音乐而言，差距就不是一点点，久石让（配乐《千与千寻》《菊次郎的夏天》）、坂本龙一（配乐《末代皇帝》）、天门（配乐《追星星的孩子》）、喜多郎（配乐《古事记》）、梅林茂（配乐《十面埋伏》）、和田薰（配乐《犬夜叉》)……都让人难忘。中国当然也有赵季平（配乐《霸王别姬》）、谭盾（配乐《卧虎藏龙》）、陈勋奇（配乐《重庆森林》）、黄霑（配乐《笑傲江湖》《青蛇》），但阵容还是薄弱得多。佐藤忠男这本书的开篇"日本电影的基础"里，用了13页的篇幅，专门探讨"电影与日本音乐"的问题，从中找到了中世贵族风格的能乐、明治时期用于和洋合奏的三味线、西洋电影的艺术风格、电影之外的日本艺术、艺能……归根结底，这些都"建立在极为复杂多样的要素之合成基础上"。看到这些，更感叹电影这门综合艺术，绝对不是光有钱就可以堆出来的，没有全心全意的热爱和天造地设的才华，哪怕像《泰囧》那样挣了12亿多票房，也是一个大泡沫。■

33

徜徉在孤寂中的深情

谷崎润一郎与村上春树都是情感细腻的人，细腻之人难免孤独，因为他们的心理世界比别人更深更广，无人理解体会。人生寂寞处，往往是作家的凝神默察之地，在驳杂的人世获得心注一境的修炼，聚集平静中的不平静。村上春树说过，他的生活离不开3本书：菲茨杰拉德的《了不起的盖茨比》、陀思妥耶夫斯基的《卡拉马佐夫兄弟》和钱德勒的《漫长的告别》，"无论我是一个读者还是一个作家，这3本书都是我生命所必需的"。3本书的主人公都活在人生的边缘，真诚而落魄，如《漫长的告别》中的特里·莱诺克斯，"他靠着一家店的门脸。他必须靠着点什么东西才行。他的衬衫脏兮兮的，领口敞开，半边扯在上衣外，半边还在里面。他四五天没刮脸了。他的鼻梁有点歪。他的皮肤苍白得连那些细长的伤疤都快看不见了"。

需要拯救的生活深藏着巨大的能量，只待命运的敲击。29岁前的村上春树没有任何写作经验，忽然就写出了《且听风吟》。这"忽然"似乎与文学毫不相关，却是村上春树的决定性时刻。

我可以具体说出下决心写小说的时刻，那是一九七八年四月一日下午一点半前后。那一天，在神宫球场的外场观众席上，我一个人一边喝着啤酒，一边观看棒球比赛。……在第一局的后半场，第一击球手、刚从美国来的年轻的外场手迪布·希尔顿打出了一个左线安打。球棒准确地击中了速球，清脆的声音响彻球场。希尔顿迅速跑过一垒，轻而易举地到达二垒。而我下决心道，"对啦，写篇小说试试"，便是在这个瞬间。我还清晰地记得那晴朗的天空，刚刚恢复了绿色的草坪的触感，以及球棒发出的悦耳声响。在那一刻，有什么东西静静地从天空飘然落下，我明白无误地接受了它。

希尔顿绝不会想到，他的一个左线安打，敲开了一位日本青年的文学之门，半年之后，村上春树交出了写满200张稿纸的《且听风吟》。随后是不断的能量释放，"离开东京，集中精力写了《寻羊冒险记》，使出了四成半到将近五成半的力量，但还是不够。写《世界尽头与冷酷仙境》终于使出了约莫六成的力量。这本书的前身《城市和不确定的墙》（编者注：本书中文版名为《城市及其不确定的墙》）是大约三成，经过数年时间提高到了六成左右，每写一部作品，尺标便提高一档。《挪威的森林》是七成左右吧"。

尽管村上春树说自己的写作是一成又一成的提高，但他的底色却依然是菲茨杰拉德、陀思妥耶夫斯基和钱德勒的影调。日本评论家四方田犬彦在村上春树作品中归纳出来的关键词被细致地梳理为"无聊的糜烂感、对生活的种种细致狂想、孤独的独白、无法实现的恋爱、被遗忘的时光、世界主义、怀旧"——超越众人一步踏入现代生存体验的人，无不具有这般心怀。待到大潮涌起，人人争相模仿的时候，一切都变为浮光掠影，化为满地的无病呻吟。

这也是如今阅读村上春树的别样心情，矫情者找到了自虐的佐酒好料，流离者感受到了孤寂中的一缕深情。■

暑热中的《纽约客》

《纽约客》杂志的小说正适合沉淀燥热，默默体会现代人生的细水微澜。《纽约客》的小说丝毫没有"高于生活"的提拉感，都是生活中的一瓢水，原汁原味的细节。但作家体会这瓢水的心境，却是常人所不及。所谓"不及"不是力有不逮，而是不大想得到。

《私房话》中，60岁的芭芭拉过生日，老公、孩子、儿媳汇聚一堂。结过4次婚的她不知道如何回顾自己的生活，更不知道如何面对后面的日子。现任丈夫"想有一个他能在沙滩上抱在眼前的小婴儿，可是我太老了"。她"生平头一回"想再生一个，深深嫉妒"男人们到了晚年还可以有孩子"。儿媳看着她夹杂着银丝的红棕色长发，很想告诉她，自己虽然正怀着孩子，其实自己也并不是已婚女人。她的儿子知道她"一直很不开心"，也无心求婚。小说写得淡淡的，每个字都挂着蒲公英。女人无论年轻年老，婚内婚外，总是有无法消弭的漂流感。忽然，一阵宫缩，孩子出生了，"我真的是在一个人迹罕至的海边别墅，和一个没娶我的男人在一起，跟一群我不爱的人在一起，在生孩子"。这结尾太具穿透力，概括了现代婚姻内外两性关系的本然。

《纽约客》中的小说，最见功力的是对话。短篇小说《康尼岛》里，德鲁要和前女友"碰头喝酒"，正在重重心乱中。他很想去，却又不想去，因为她已经嫁给别人。"他们之间有一整个世界，共享一个世界的人该怎么说应酬话？"他想问她，为什么"她真心爱他，却跟别人结婚？"这是男人永远想不明白的问题，也是女性深藏的秘密。德鲁找到好友切斯特，打开一瓶杰克丹尼威士忌，一杯杯喝，一句句聊，甚至要"再喝一杯，然后放她鸽子"。德鲁不停地讲述过去的情感故事，而切斯特不断地提醒他"她是不会离开她丈夫的"。两个男人，处在不同的位置，围绕一个女人，展开向心力与离心力的拉锯，每一句都是无花果，要剥开才能体会。现代女性已经成为男性的大难题，横在男女之间的那一杯酒，已经百味莫辨。

《纽约客》的小说，细润入微，人文气息浓浓，但又没有愤世嫉俗的锐度，很适合城市人品读。中产阶级很容易虚度一生，把霓虹光影下遗落的心情拾一拾，掂量一下还有多少改变的可能，这是《纽约客》小说打开的后窗。经常从《纽约客》看看生活，总是会有心事之外的空白。∎

读《丁玲传》

丁玲的人生颇有些奇异，与时代主调总有点儿倒逆。1957年她被打为"右派"发配到北大荒，1980之后又被视为"左派"的"红衣主教"。用她1985年的话来说是"帽子换了一顶"，"右的还没有完全摘掉，左的又来了"。一个女作家，为什么她的命运总是与时代犯冲呢？

或许因为性情，因为简单。

有一种人，心是有棱有角的，蓦然一瞬的冲动，就转了一个面，再也转不回来了。在八面玲珑、心思缜密的人眼中，这叫傻。但在人生路上，这样的"傻"却能释放出彻底的单纯，活出种种预料之外。

就说丁玲和胡也频的爱情，竟然来自瞬间的一瞥：1925年夏，她从北京回到湖南常德母亲家，"有一天，听见大门咣咣地响，我与母亲同去开门。我们都不得不诧异地注视着站在门外的那个穿着月白长衫的少年"。从北平千里迢迢追来的胡也频，此时身无分文，"连他坐来的人力车钱也是我们代付的"。就这么一个22岁的穷小伙，之前"只见过两三次面"，丁玲却一眼看中了他的"勇猛、热烈、执拗、乐观"，跟着他回北京去了。

若是按时下的节奏，下面的故事必然是蜗居中的甜蜜、洗衣、做饭、生孩子——完全不是，接下来的丁玲又翻了个面，展示出柏拉图的精神能量。她和胡也频同吃、同住、同写作，就是没有性爱，因为她信奉"精神的恋爱"，要避免"那恋爱的坟墓——性欲的婚媾"。就这样过了3年，偏偏胡也频也吃得消这一套，"他就是这样想，我也不要你爱我，只要允许我对你好就行了"。这真是太完美了，既有正确的性取向，又有形而上的爱情观，傻乎乎的一对儿碰到一起，就是这么奇幻。

丁玲后来的一切，都有这么一种把"应该怎样生活"放到现实之上的锐意。这样的处世风格倘若与深刻的历史意识融为一体，不失为一条充满批判性的光荣之路。然而她并不是思想家，无法参透政治的冰与火。她一个转身，奔到延安投身革命理想，却没有意识到，"原教旨革命派"始终把她看作一个可疑的"坏女人"。她证明自己政治品质的最佳方式，就是在受尽磨难后还坚持做一个"马列主义老太太"，这也许是理解晚年丁玲的一个关键吧。这是多么不合时宜，直接导致她在1984年12月的第四次文代会上人气低落，低票当选中国作协副主席。会议上那些"把丁大妈选下来"的声音，绝对不是针对写出《莎菲女士的日记》的青年丁玲，也不是反对写出《太阳照在桑干河上》的中年丁玲，而是叹息到了晚年还不能"随心所欲"的丁玲。

但，如果她果真站在时代的潮头，挥舞起万众欢呼的新旗，她还是丁玲吗？她还是那个出了情感大门就不辨方向的女人吗？人是一个一言难尽的存在，政治正确尤其不适合衡量女作家。如果把对张爱玲的无限宽容稍微移送一点儿给丁玲，我们就能看到一个让人怜惜的坎坷女性。 ■

36

再看《飞越疯人院》

《飞越疯人院》的好是无须描述的，它和麦尔维尔的《白鲸》、纪德的《窄门》、卡夫卡的《城堡》等一样，都是几十年后会被中产化的中国读者仔细阅读的小说。

一本好书能给人或多或少的改变。我看这本书，印象深的是其中的一个细节：被"精神病"的印第安人"酋长"看到护士长拉奇特的随身挎包，"没有粉盒、口红或其他女性用品，但却似乎塞满了许许多多今天她准备履行职务时使用的零部件 —— 车轮和齿轮，擦得冰冷锃亮的嵌齿，像瓷器一样微微发光的小药片、针头、镊子，钟表匠用的钳子、铜线圈……"这个忠心耿耿地维护精神病院秩序的铁女人，已经异化为压制自由的精神囚笼，完全失去了人性的细节。这和我们样板戏中的"铁姑娘"们实际上是一种类型。看到这一段，我心里有些惭愧，因为平时最认同的还是素面朝天的美，对那些五花八门的化妆品总是充满嘲笑感。有时候会想，这种不宽容性大概是革命年代的遗传吧，其中是不是也有些"拉奇特化"的因子呢？想想，戒惧油然而生。

　　小学的时候，我曾经站在两面一人多高的立镜中间，看到镜子里是互相映照的镜像，无穷无尽地延伸。好的小说也应该这样，不能把善恶写得太单层，停留在一个"你好他坏"的简单逻辑关系上。《飞越疯人院》里，印第安人"酋长"是个工业化的受害者，他的土地被大资本家建造的水坝毁坏殆尽。然而，当年印第安人也曾用诡计，将大群的鱼诱骗到河流上游，尽情捕杀。小说里没有理想的人物，也没有纯净的伊甸园，这样的写法更符合人类的本相，也破解了一部分"好人"去"诊疗"一部分"坏人"的合理性。归根结底，人类社会的进步要依靠制度的不断优化，而不是期待一个好"护士长"。过去如此，现在更如此。■

37

梵高的太阳

　　以前读欧文·斯通的《渴望生活——梵高传》，它给我留下的印象是一团火，呼呼不绝地燃烧。去年年底买了这本书的新版，阅读的心情已经大为改变。虽然还是会为梵高的激情所震动，但更关切他在自己每个人生关口上的选择。

　　比如，他为什么在1888年移居到阿尔勒？此时的梵高已经在巴黎住了2年。之前，他的生活可说是贫困交加、颠沛流离。教过书，卖过画，当过见习牧师，谈过几次崩溃的恋爱，没有任何完满，都是失败的结局。和弟弟提奥住到巴黎后，不用饿肚子，不用住肮脏的小旅馆，不用担心没钱买油画颜料……35岁的他，还不需要安定吗？

　　然而他还是离开了巴黎，直奔南部海湾的阿尔勒。原因简单到极致：那儿有最炙热的阳光！酷日之下，一切色彩熠熠生辉，这正是梵高渴望的世界，它会"把我内心的寒冷驱散，使我的调色板燃烧起来"。

梵高的选择是伟大的，他在阿尔勒仅仅住了两年半就去世了。但在这短暂的时光里他创作了200多幅画，包括《星空》和《鸢尾花》。也是在阿尔勒，他卖出了油画《红色葡萄园》，得到400法郎。尽管那份酬劳只相当于现在的50欧元，却是他在世时卖出去的唯一画作。当时没有卖出去的《鸢尾花》，1987年11月11日，被人以5300万美元从纽约索斯比拍卖会买走。阿尔勒的阳光给了梵高灿烂的生命，梵高给阿尔勒的阳光晶莹的灵性，一切都贯通了，相互消融在无限中。

生活，往往存在于一念间。放弃还是向前，划定了人生的地平线。多少人生命的调色板从未燃烧，却不愿离开习惯的冰寒。宁可加上一件件厚重的冬衣，也不想赤裸着走在火热的阳光下。而梵高看到了属于自己的天地，他站在阿尔勒灼灼的阳光下，视野中是全然不同的色域："天空的蓝如此强烈，那么尖锐刺目，竟至于根本不是蓝色而成了黑色；在他下面伸展开去的田野是最纯粹的绿色，绿到了失常的地步；太阳那炽烈的柠檬黄色；土地的血红色；蒙特梅哲山上寂寞的浮云那耀眼的白色；

果园里那永葆新鲜的玫瑰色……这样的色彩是令人难以置信的。他如何能把它们画下来呢？"

这对梵高来说并不是难题，他把它们直接画出来，就是人间的见所未见。真正面临难题的是我们：在这个精神迷离的年代，谁能走出巴黎，奔向自己的阳光？这需要熔岩般的热量，如同瑞典诗人厄斯顿·绥斯特兰德所写的，"在我闭上的眼睑里，听见一个搏动的宇宙"。　■

38

夜读《雪国》

川端康成的《雪国》中，最明锐的一段在2/3的叙事节点上，艺伎驹子忙于赴宴，托叶子给岛村纸条。听叶子说要去东京，岛村脱口而出："那我回去的时候，带你一起走吧？"

岛村这话豁然流露出他对叶子的暗情，与他既往郁悒侘傺的精神基色截然不同。此时的岛村，焕发出怀石料理般的暖馨，关切起叶子的未来：

> "你在东京没有落脚的地方，也不知道要做什么，这不是很危险吗？"
>
> "一个女人，总有办法的。"叶子提高了尾音，很是动听。她凝视着岛村，说："到您家做女佣行吗？"

《雪国》中这一对男女的对话，互相试探着到达敏感点，微明也许会变得更光亮，但也可能蓦然泛出莫名的陌生，燃点一瞬间回到常温。男女之情没有逻辑可言，常常是情势带着情势，无方向地绵延。川端康成的冷静，不会让这幕近乎私奔的情节失控地滑行。岛村并没有承接叶子的话意，反而有些局外人一般地说：

　　"这么漂泊着可不行。""哎呀，什么漂泊不漂泊的。无所谓了。"叶子反驳似的高声笑了起来。
　　这笑声澄澈得近乎哀戚，因此听上去并不疯狂。然而，它只是徒然叩响了岛村心灵的外壳，旋即消逝了。

　　对话到此，一个可能的情感高潮平复下去，朦胧中的决定性瞬间悄悄散失。川端康成不动声色的调色能力，只用"尔后又消失了"一句就立竿见影，真是神绝。
　　岛村的有"爱"无"力"是现代人的常见症状，"爱"已经审美化，不再是实践之必然。爱情与婚姻的分离，在无声地扩散。在《雪国》里，艺伎驹子心里纵有无限的热切，也只是岛村眼中的徒劳。叶子在结局死于大火，虽然意外，却也是她的必然。

但丁曾经感叹："生活于愿望之中而没有希望，是人生最大的悲哀。"《雪国》给人的茫茫之感，正是让人有同样的心境吧。■

39

互为自然的男女

　　《雪国》是一片晶莹的大自然，读者在其中经历着内心的检验。岛村、驹子、叶子，看似简单的男女相逢，却蕴含着两性的无限深远。在人的生存中，绝大多数人并不会拥有同性的身体，世界因此而变得抽象、间接、局部，盘旋在社会性的错杂中。异性是唯一的打开，纯粹而温馨的身体如沉醉的大自然，给人原始的复归，感受到生命的完整。人对人类的热爱，很大的来源是男女间的肌肤感，这真切的感受之后，是爱情透明的过滤性，让人生从现实的复杂走向身心的纯粹。可叹的是这样的简单却总是难以实现，浮世的相遇常常带来世俗的重压，彼此成为填补欲望空白的工具。《雪国》很难说是一部爱情小说，男女主人公都徘徊在情感的边缘，但川端康成依然从中看到，在芸芸众生烟火浓浓的奔走中，两性间蓦然发现的美好，会给一生带来多么难忘的嬗变。

《雪国》的开篇，是火车上的岛村，他用手指擦去车窗上的雾气，看着镜面中年轻的叶子。

> 姑娘的脸映在了窗子上。不断流动于她周身的暮景，给人一种错觉，仿佛她的面容也是透明的。……这时，姑娘的脸上燃起了灯火。映在镜中的面容不够清晰，不足以黯淡窗外的灯火。而灯火也无法模糊镜中的面容，只是在她脸上摇曳。这是遥远的寒光，不够照亮她的脸。就在灯火和眸子重叠，瞳仁周围被微微点亮的这一瞬，她的眼睛变成暮霭浪尖上飘荡的夜光虫，妖冶而美丽。

这是《雪国》里最重要的一段，也是决定小说走向的关键。一个幻化在大自然中的女孩，引起了岛村"不寻常的兴趣"。他来到雪国的本意，是寻找驹子，重温旧日的短暂欢愉。但是重见的第一眼，却是意料之外的惊心。

> ……长廊尽头账房的拐角处，一个女人婷婷而立，和服的衣摆拖在地上。漆黑的地板泛着寒光。

看到那衣摆，岛村吃了一惊：她到底还是做了艺伎。

什么叫一瞥黯然？岛村的这一瞬间，看到的不是驹子，而是衣服的下摆后面风尘茫茫的现实，是他百无聊赖中正想摆脱的沉重。仅仅前一年，初见的驹子那么清新，"给人的印象洁净得出奇"，"她的衣着虽然带有几分艺伎的打扮，可是衣服下摆并没有拖在地上，只穿一件合身的柔软单衣"。面对改变了的驹子，岛村走过去"静静地站在女子身边。女子也想绽开她那浓施粉黛的脸，结果适得其反，变成一副哭丧的表情。两人就那么默默无言地向房间走去"。男女重逢，都有相互打量的陌生感，《雪国》中的这番情景，却具有彻底的悲剧性，一道冰凉的分界，就此划定。

驹子的变化，对比出叶子的纯净，但也呈现出叶子不安的前景。岛村想让她保持在自然的镜像中，下意识地答应带她去东京。这似乎是要奔向一个救赎与新生的浪漫主义故事，然而几年后结局却烈焰熊熊地扑来，叶子突然死于蚕房的火灾。

叶子跌落的二层看台上，又有两三根梁木倾倒下来，在她上方熊熊燃烧。叶子那美得几乎刺人的双眼紧闭着，下颌仰起，颈部修长。火光在她惨白的脸颊上摇曳。

岛村猛然想起，几年前他来看望驹子时，在火车上初遇叶子。那时，她的面容映在车窗上，也曾摇曳着野山的灯火。他心中又感到一阵战栗，仿佛那火光中映着的是自己与驹子相随的岁月。他再一次感到一种无法言状的悲恸。

叶子的死，验证着弥漫《雪国》全篇的徒劳，洁净的大自然化为人间遥远的未实现。如果《雪国》仅仅是为了表达生存的虚无，那就不必写了，更不会耗去川端康成十几年的时光。《雪国》的一切，在于使人珍惜，珍惜人生照入心底的一瞥，珍惜一无所有的拥有，珍惜昨天没有下摆的衣裳，珍惜对方白雪般的纯净。在最自然的情感中相互温暖，这才是男女相拥的生命本色。■

40

为流逝而伤感的人，总是有些温善的情怀

《伤逝》写于1925年10月21日，主人公是一对从挚爱到幻灭的青年。而恰恰是前一天，鲁迅与许广平订立了恋人之约，他轻轻握住她的手，深挚地说："你胜利了！"

一切刚刚开始，万丈霞光绯红天际，为什么就"伤"起"逝"来？

为流逝而伤感的人，总是有些温善的情怀。人生每天都有流逝，或者人，或者物。有珍重的人才有不舍，不舍才有伤怀。从来不相信那些信奉"旧的不去新的不来"的铁石心肠，他们也许理性，也许更有逐鹿社会的效率，但他们太无机，属于冰凉的世界。鲁迅是个呐喊的人，他在大喜之下，看到了"逝"，让他不得不写下这样一篇万字小说抒怀？

可能是为朱安。

1906年，28岁的朱安嫁给鲁迅，从此开始了活寡妇状态的漫长生活。婚前好几年，鲁迅写信给她，希望她学识字、放小脚。然而结婚时，鲁迅看到的还是一个三寸金莲、不识一字的妇人。他大概深深体会到了什么叫无奈，看到了传统的坚不可摧。在他的心中，也许将朱安当作了封建秩序的象征，他必须与她划清界限。

然而，她终究是无罪的，她不知道自己做错了什么。千百年来，女人不都是这样过来的吗？她为他洗衣做饭，从无怨言，对外人总是说"大先生对我很好"。1923年夏，鲁迅和弟弟周作人反目，从八道湾搬到阜成门内西三条胡同21号，是她不舍昼夜伺候他，让他从大病中渐渐恢复过来。不久，鲁迅到女师大上课，第一次见到了坐在第一排的广东女生许广平，事情缓缓地走向了另一面。

《伤逝》中的子君，前半段极像许广平。"我是我自己的，他们谁也没有干涉我的权利！"——这和许广平当月发表的爱情告白书《风子是我的爱》何等相似："不自量也罢，不相当也罢，合法也罢，不合法也罢，这都与我不相干！"而《伤逝》后半段，埋头于家务琐事的子君又多么神似传统的朱安："她早已什么书也不看，已不知道人的生活的第一着是求生。"在鲁迅的眼中，朱安不正是一个精神的空壳吗？于是小说中的涓生"不得不"决然分离，向她宣告"我已经不爱你了"。

鲁迅写下这篇《伤逝》，心里明白，与许广平的开始，正是和朱安的彻底结束。他知道她是个好女人，但文化旗手的情志，早已不在人间烟火，而在开弓不回的新道德中。鲁迅有痛入肺腑的"被吃"感，而他的人文素养，也不能不感受到朱安也是"被吃"的同类。同病虽不能共枕，但真的要掉头而去，鲁迅是不是也有一份潜在的相怜呢？从此以后，他每天买回来的小点心，再也不会送到她面前，默默让她挑选，然后端走余下，回到北屋慢咽。此时的鲁迅，恐怕是第一次感受到自己的罪孽，因为，"被吃"的人，只剩下她一个了。

人生最沉痛的，是不得不离开曾经宿命中的人。他不可改变，哪怕扭动一毫米，你与他咫尺天涯。但你曾将无限的爱恨赋予他，把生活的一切关联于他，他是你走过的路，是你生命中的那些白天与黑夜——你将告别他，让一切逝去，你有没有蓦然无端的伤？人非草木，人何以堪！

朱安自然没有读过《伤逝》，但她并不恨他。1947年她去世前嘱咐："把我埋在大先生墓旁。"■

结婚已成"可要可不要的饭后甜点"

男人写东西喜欢演绎，从具体到抽象，越来越有不着边际的美。女性有采集的天性，偏重归纳，把有用的材料线性排列，用事实说话。《婚姻简史：爱情怎样征服了婚姻》的作者斯蒂芬妮·库茨研究人类家庭30多年，积累的资料如此之多，足够她优中选优，写出一本干货满满的佳作。

读书最吸引人的部分，首先是阅读自己的盲区部分。翻开本书我先读了第七章："中世纪平民百姓的婚姻"，对于这一段历史，我的知识太贫乏了。不看不知道，一看全是料，原来中世纪的女人过得并不差。在公元10世纪，离婚时女人可以得到羊，因为她平时照看羊。男人只能分到猪，当然因为他的分工是养猪。男女结合也没什么麻烦，"公元12世纪之前，教会一直认为，只要双方同意结婚，然后通过性交予以正式确认，这样的婚姻就是有效的"。

转折出现在13世纪之后，1215年第四次拉特兰宗教会议宣布新的三项规定：第一，新娘必须得有一份嫁妆，这下子姑娘们要听父母的了，不然哪有嫁出去的本钱？第二，提前三周发布公告，结婚成为公共事务，有人觉得不合适，就可以来插一脚。第三，婚礼必须在教堂举行，秘密结婚的时代彻底结束。离婚也变得复杂起来，四种情况才会被允许离婚：淫乱、精神淫乱（信仰异教）、严重虐待、男人性无能。最后一条还要经过严格的审查，具体方法五花八门。英国约克郡1433年有这样的记载：脱光的男人被放在床上，一个"聪慧女人"赤着上身、上下抚摩、不断亲吻他，看看他有没有反应。这样的方式有些原始，不过从出发点看，这对女性还挺公平的。

21世纪是婚姻的冰河期。1950年代，高涨的离婚率伴随着同样高的再婚率，美国2/3的离婚女性在5年之内再婚，而现在，"不再跳火坑"的是大多数。1960年，25～29岁没有结婚的美国女性只有1/10，如今高达4/10。不敢结婚的人越来越多，1970年之后的30年，美国未婚同居的人增长了7倍。结了婚的人也忧心忡忡，因为平均寿命增长到80多岁，孩子长大离家之后，夫妻还要"四目相对30年时光"，很多人只能"一忍再忍"。

看完这本书，并不让人沮丧，只会让人感到，在一个流变的时代里，找一个真心爱你的人一起生活，是件多么重要的事。欧洲社会学家考斯顿总结：结婚这道20世纪50年代"必上的主菜"，如今已是"可要可不要的饭后甜点"。然而事情总有例外，饭后甜点也可以美味悠长。如果这最后的一道甜品也充满假意，那还不如省掉离席。■

作家的家永远在别处

"家"这个词，包含着人和屋两个方面。人去了，屋还在，于是后来人有了睹"屋"思人的凭借。

看到日本人写的《文豪之家》，看看百年来日本大作家的故居，也是一份追忆的心情。把他们的主要作品都读一遍，日本近代以来的文学，也就了解一多半了。

作家给人的印象就是坐在家里写东西的人。其实不然，这本书里的很多作家一生中都忙着搬家。头像被印在日本千元纸币上的夏目漱石，一直想攒钱买个自己的房子，却当了一辈子租户，辗转住过17处房屋。"搬家狂人"谷崎润一郎从东京到大阪、到神户、到京都、到热海，搬个不停。每换一个地方，都要把屋子里的细节写进小说里。他的长篇小说《细雪》，大量的屋内情景都是神户住处"倚松庵"的真貌。至于女作家林芙美子，从小和父母到处跑，自称"旅行就是故乡"，住过的地方就太多了。光是在东京，因为同居过好几个男人，换一个男人就跟过去变一个住处，自然也出现了好几个"故居"。作家真是天注定的旅人，飘动似转蓬。

租房与买房是两种不同的生活。租房的人家在天下，奉行极简主义，随时可以来上一场说走就走的搬家。买房的人因为拥有不动产而不动，天地以住所为圆心，走得再远也要回到原处。作家适合哪种生活呢？按这本书的活法，肯定都是永远的租客。这使他们失去了定点，却拥有了世界。微观上说，这种日子的好处是操心少，"八月秋高风怒号，卷我屋上三重茅"，卷走又何愁呢？反正是别人的房子。

这本书里的36位日本作家中，我只去过夏目漱石、小泉八云、林芙美子、谷崎润一郎、志贺直哉、中村宪吉6位的故居，真是太少了。假如早些得到这本书，至少可以多看10来位。读书就是这样，什么年龄、什么时间、什么阶段没有读到该读的书，以后再补也来不及。小学一年级读《红楼梦》，只是浪费时间，而40多岁才读《小王子》，那可真是一场空幻。■

倾城之日爱恋时

《倾城之恋》中，1941年12月7日，日军攻打香港，"流弹不停地飞过来，尖溜溜一声长叫，吱呦呃呃呃呃……"白流苏正在绝望中，"街头轰隆轰隆驰来一辆军用卡车，意外地在门前停下了。铃一响，流苏自己去开门，见是柳原，她捉住他的手，紧紧搂住他的手臂，像阿栗搂住孩子似的，人向前一扑，把头磕在门洞子里的水泥墙上"。

范柳原本来是要乘海轮去英国，但战争意外打响，在万分困厄中，他最大的念头是回到白流苏身边。所有的浮情都纷纷掉落，两个人依偎在生死线上，互为生命的根基，"在这一刹那，她只有他，他也只有她"。什么是爱情的本质？就是这生死之间的不弃不离。《倾城之恋》前面的99％，范柳原和白流苏都是精明的利己主义者，然而最后这兵荒马乱中的一笔，却还原出一对纯色的男女。这是一部十分适合倒过来读的爱情小说，朴素的结局，处处衬托出前面那些虚与委蛇的可笑。张爱玲冷眼看得深广，她透过白流苏与范柳原的烽火之恋，洞照出俗常的苍白。

爱情归根结底是一种价值观，是个体生命存在的最高肯定。天地不仁，视万物为刍狗，一对男女爱或不爱，从宇宙角度来看毫无意义。社会也是如此，多一对儿或少一对儿也没什么区别。只有对个人来说，爱情才是人生有热度有激情的基本常量，是与整个社会同等重量的内心世界。倘若自己再不珍惜，爱情只能变成一场熵值高涨的物质运动。吴念真的小说《爱》中，那个瘦弱的小兵阿春为了维护当妓女的"女朋友"，"竟然和一个壮硕的班长打了一架，听说要不是被拉开的话，他差点就拿刺刀捅人家"。更出人预料的是，长官不但不送阿春去军法处，反而夸赞"一个人可以为一个所爱的人连不会赢的架都敢打，可见是我们教育成功了"。吴念真小说的感人之处，常常在这种"爱情价更高"的明亮中。

几年前到山东，听一对夫妻讲他们的爱情往事。初时女的在酒店大堂做营业员，有个温暖体贴的男朋友。男的去酒店看见女的后一见钟情，直接求爱。女的吓一跳，赶紧电话叫来男朋友。那男朋友来得挺快，但一看到这求爱男身材魁梧力量十足，脸色陡然紧张起来，眼中露着胆怯。她说，"看到他眼神的那一刻，心里忽然凉了，全是失望"。世上有多少这样的男孩子呢？不得而知，因为现在生活很柔顺，人人都遮蔽在平稳中，没有倾城，也没有需要"和壮硕的班长打一架"的愤怒。这并不妨碍大家都在谈爱情，但正如雷蒙德·卡佛在小说《当我们谈论爱情时，我们在谈论什么》中所写："我不知道你该叫它什么，但你绝对不能把它叫作爱情。"——至少，我们不能肯定那是爱情。■

阅读是幸福的

《朋友之间 —— 汉娜·阿伦特与玛丽·麦卡锡书信集》。两位具有世界声誉的女作家私下里会说什么？写信与写文化评论或小说非常不同，书信里有私密的絮语，有更真实的性情泄露，能打开阿伦特和麦卡锡的多个侧面。从书里可以看到，两个女人在通信中讨论彼此的作品，时常爆发争论。谈极权主义、谈城市文化、谈战争、谈文学、谈历史、谈哲学……不用说，还会又爱又恨地谈论男人。"没有一个男人会因为一个女人去改变任何东西" —— 阿伦特这样告诫第四次结婚的麦卡锡。两个高贵而孤独的柏拉图主义信徒，在书信中实现了平等，甚至可以抵达对方的灵魂。很有意思的是，两位密友经常在信的开头道歉自己没有及时回信，理由形形色色："高烧不断""经历了一场可怕的煎熬""每到写信总是有什么意外打断我"……这不就是拖延症吗？女人真是永远有美丽的理由。

村上春树的自传《我的职业是小说家》，一读进去，仿佛一位高僧讲他一路寻道的风趣故事，讲的人笑容满面，听的人却心怀庄重，一脸严肃。这本书的一大特点是艺术的纯粹和性情的真率。在书里村上春树提出文学"原创性"的3条标准：一是拥有与他人迥然相异的风格；二是必须凭借一己之力对自身风格更新换代；三是其独特的风格必须随着时间流逝化为文学价值判断的部分基准，成为后来者丰富的引用源泉。这3条真是太难了，不知道村上认为自己达到没有？书中有作家自己的很多往事，有的恐怕还是第一次披露：村上夫妻有段时期每个月要偿还银行的贷款，有一次"怎么也筹不到钱"。巧的是两口子深夜里忽然看到"掉在地上的皱巴巴的钞票"，而且刚好是需要偿还的数额。这天上掉下来的馅饼虽说"简直是捡回了一条小命"，村上还是心怀愧疚地写道："本来这笔钱应该上交给警察，可那时我压根儿就没有力气说漂亮话。对不起了……"这让人想起卢梭的自传《忏悔录》，里面竟然有这位启蒙主义大师喜欢"小偷小摸"的供述！

平时对吃不大注意，但对于吃饭的人和写吃的书却很感兴趣；一边拼命减肥，一边吃香喝辣，这样的人现在太多，看上去充满喜剧性。日本女作家新井一二三的《东京时味记》几乎是一本日本美食大观，关东煮、唐扬、秋刀鱼、昆布卷、扬出豆腐、啤酒炖牛肉……几十种。看了她的书，才知道尽管我在日本走过不少地方，可对大多的东西都属于视而不见，隐藏在饮食中的丰富文化和历史，绝大部分我都不知道。3月3日是日本的桃花节，《桃花节的蛤蜊汤》写到这一天的晚餐"不能没有蛤蜊（日语叫'滨栗'）汤。据传说，这种贝的壳儿是只能和自己的另一半合好的，因而代表专一的爱情"。这种习俗应该起源于古代中国的上巳节，不过后来发展成日本独特的形式了，正如端午节传来日本以后也变为望子成龙的节日了。在日本，3月3日桃花节和5月5日菖蒲节，分别是女孩和男孩的节日。作者写着写着，不由得感慨："桃花节的意义在于祝福女儿一辈子幸福，而按照传统价值观念，女人的幸福取决于嫁得好不好，嫁给天皇再幸福不过了。"这当然不是新井一二三的理想，作为一个走遍世界的新女性，她有更宽阔的文学追求，懂得"饮食是窥见世界最好的窗口"，要在日本人的一天三餐中，看到"饮食习惯所表现出来的家族历史、故乡回忆"。

还有很多好书,《鲍勃·迪伦编年史》《汪曾祺作品》、云南女作家沈熹微的《在人群消失的日子》……逛书店是快乐的生活时刻,心情一片温馨。但也有无法回避的忧郁甚至痛苦,有些书记载的是人类最黑暗的坠落,深渊一样在面前打开。夏季在书店看到《曼德施塔姆夫人回忆录》,默默看着它,并没有拿起来。曼德施塔姆太苦难了,这位俄罗斯白银时代的伟大诗人,仅因为写诗嘲讽了斯大林,1934年被逮捕,1938年死于符拉迪沃斯托克的流放地,死的时候冰凉的镣铐还扣着双脚,遗体如浮雕刻在水泥地上。"你们最好把我的心撕裂,变成蓝天上的一段段碎音"——你们,多么可怕的存在,什么诗意也没有,却高高在上,强横地剥夺着文学的生长,直到消灭一切独立的生命。静静想一想,这本书还是应该仔细读,它告诉人们,写作往往并不是因为幸福,而是因为不幸福,唯有在写作中才感觉到自由的存在。■

45

男作家眼中的灰暗伦敦

大约250年前，英国文坛的风云人物塞缪尔·约翰逊说过："一个人如果厌恶伦敦，他就厌恶人生，因为伦敦有人生能赋予的一切。"然而很多男作家并不喜欢伦敦，因为约翰逊所说的"一切"，可不仅仅是车水马龙、通衢商厦，也包含着巨大的暗区。

狄更斯小时候在伦敦的地下室当童工，制作黑鞋油的车间犹如地狱，令他终生难忘。苦难总是给人留下很深的痕迹，狄更斯成名后，每写一部作品，都要在伦敦的大街小巷漫无目的地走几圈，找一找当年的感觉。这样的记忆当然不会让他写出华灯如幻的美丽，《雾都孤儿》里他这样写道："（泰晤士河）河面上笼罩着一层雾气""乌黑的河水连它们那粗大丑陋的样子也照不出来""（泰晤士河）两岸的建筑物都非常龌龊，河上的船只也是黑黢黢的"。

来自美国的小说家亨利·詹姆斯也对伦敦喧嚣的商业气氛退避不及，嘲讽地说："一个普通游客可能会在皮卡迪利广场被踩死，然后被扔进泰晤士河喂鱼。"

其实能喂鱼还是一种优美的想象，詹姆斯还没有看到泰晤士河后来更糟糕的模样。50年前，这条大河来到伦敦，立刻被无数条污水沟包围，含氧量顷刻等于零，几乎看不到一条鱼。直到40年前，伦敦开始不惜血本治理泰晤士河，现在它竟然是世界上最干净的城市河流。

令我印象最深的是萨克雷的小说《名利场》，他在伦敦写完了这本厚厚的书，又意犹未尽地说道：在伦敦这个名利场，大多数时候，我们都是愚蠢而自私的人，过分急切地追逐浮名浮利。《名利场》尽管写的是一个心机婊在伦敦的八面周旋，但萨克雷给这本小说加了个副标题："没有主人公的小说"。这标题真是太尖锐了，每个人都会被它刺痛。■

真爱是无言的

谷崎润一郎《细雪》中卷第八节，妙子被突发的洪水围困在木屋中，摄影师板仓不顾一切奔来救她，好不容易把她拉上了屋顶。情势稍微缓和下来，板仓向妙子讲述自己一路如何艰险，"3次被洪水冲倒而没有死"。很快，妙子的姐夫贞之助也赶来了，"板仓把他救出3人的功绩对贞之助又讲了一遍"。

板仓正在热烈追求大户人家的小女儿妙子，这救人之举也是他爱情的表达。然而，板仓的肤浅也正表现在这里：他迫不及待地渲染自己的英勇，生怕妙子不知道他是多么不容易。这虽然谈不上巧言令色，但看不到"大音希声，大象无形"的深沉，更没有君子"劳而不矜其功"的大气。

板仓身上最缺什么？可以看看英国独幕剧《一个善良的女人》。男青年史密斯向玛丽小姐求婚，玛丽犹疑不决，说你8年后还爱我，再来找我，我就嫁给你。8年后史密斯如约而来，却发现玛丽下午就要和汤姆结婚了。两个男人会打起来吗？剧情的最后，史密斯忽然笑起来，说他其实已经有了女朋友，今天只是开个玩笑，他愿意当汤姆的伴郎，见证他们的玫瑰时刻。玛丽和汤姆如释重负，都快乐地笑起来。观众却很明白，史密斯是多么爱玛丽！8年的等待，一天又一天，最后却是这样的处境。他可以洪水般地诉说自己的苦等，可以烈焰般地爆发自己的炽情，可他一个字也没说，只是想着玛丽的幸福——真爱无声啊，做到就行了，让它与天地同在！这就是贵族精神，也正是板仓所缺乏的。

我曾经在夜里路过五角场一家房产中介门前，三男一女4个青年围着一个男店员愤愤斥骂。停下来听听，原来是这女孩来店里询问租房的事，那男店员有些嬉皮笑脸，言语有点儿轻浮。女孩一气之下，电话招来了男朋友，男朋友还带了两个壮壮的哥们儿。3个小伙你一句我一句，让那膀大腰圆的店员跟他们"单挑"，甚至说给他一把刀，让他先捅他们一下，"是男人就别怕，也不缺这一刀"。我注意到女孩的男朋友，此刻他是主角，看他如何处理。他从头到尾不停说话，嗓门高高的，全是一个主题：男人对女人要好。"男人嘛，对女人要爱护，这才像个男人""女人再不对，男人也要让着""男人什么亏都能吃，就是不能让自己女人吃亏""不让女人哭的男人才是真男人"……每一句话都很对，可他是说给谁听呢？这是说这种话的时候吗？说话间，他还不时用拳头捅捅那店员，似乎是个无畏的勇士。

那店员倒也没有害怕的神色，静静地站了一会儿，忽然向女孩说："今天的事情是我不对，我有些随便，对你不尊重，我向你道歉！"说罢，深深一鞠躬，好久才抬起身。

女孩有些吃惊，脸色微红，迟疑了一下，说："你以后说话要注意些，管好自己的嘴巴。"

空气顿时舒缓下来，女孩的男朋友也打住了话头，愣愣地站在那里。

事情就这样结束了。看那三男一女远去，女孩挽着男朋友十分甜蜜，我隐隐有些担心。一个太急于表白或表现自己的男人，像一棵剖开的树木，能不能有强大的力量，持续而茂盛地成长…… ■

47

夜读《徐霞客游记》

突然想起了徐霞客。从1638年5月到1640年1月，他游历了云南的14个府，最后在大理鸡足山"忽病足，不良于行"，不得不返回故乡江苏江阴，不久后病逝。

深夜读《徐霞客游记》，我感兴趣的是他的生活方式。他从年轻时代开始就行游天下，乘船、骑马、坐滑竿……最主要的还是步行，就靠一双脚，走遍了相当于今天19个省的地域。真不容易啊！春夏秋冬、风霜雨雪，这个江南富家子弟就这样执拗地走着。在云南，暑热让他"头面四肢俱发疹块，累累丛肤理间"，天天忍受痒痛。即便如此，他每天晚上还要写下详尽的考察记录，发前人之所未见，最终汇集成40余万字的《徐霞客游记》。

读着读着，我忽然想到一个问题：徐霞客先后结过两次婚，21岁新婚不久，便开始经年累月地远游，并未见他在游记中流露一点儿对妻子的眷恋。这样的生活，值得吗？他爱大自然远高于爱家人，爱旅行远大于爱安定，他过得自由而孤独，丰富而冷清。在人世间，他永远处于不断的告别中，唯有未知的前方才是他生命的落点。临终前，他手里紧紧握着的是两块石头。

也许他度过的并不是最好的人生。

最好的生活是与息息相关的爱人执手前行，在共同的视野中，一起做两人都喜欢的事情。在这样的生活中，平凡里时时有欣喜，无意间看到一个农户墙上的箩筐，也会相视而笑。英国勃朗宁夫妇的相遇相伴，正是这样的典范。1846年，30岁的勃朗宁夫人不顾众人的强烈反对，与爱人私奔意大利，写下一首首美丽无比的十四行诗。"爱你，以昔日的剧痛和童年的忠诚，爱你，以眼泪、笑声及全部的生命。"如此深情，如此诗意，如此创造，两个人的生命都获得了再生，一起化为另一种新生。这是两性间的死生契阔，也是面向世界的自然之道。

然而，徐霞客的道路却是最可靠的选择。情感是一滴挂在芦苇叶尖上的露珠，很容易坠落。勃朗宁夫妇太稀少了，世上凤头猪尾的感情又太多，一个人有把握达到的，往往是徐霞客式的独行天下，走到自由人生的极致。在极致之上，找到执手远行的相知相伴，在现代社会已经属于神话的领域，只有极少数像勃朗宁夫妇一类幸运的人才可以体会。

以往读裴多菲的《自由与爱情》，第一句"生命诚可贵，爱情价更高"轻轻放过，更重视后面的"若为自由故，两者皆可抛"。读着《徐霞客游记》，蓦然感觉前一句更需要仔细体味。徐霞客和勃朗宁夫妇的区别，似乎尽在其中。■

48

在悲凉的情节里始终看到希望

英国《卫报》评论维多利亚·希斯洛普的《岛》时说："这部哀婉的小说最大的魅力在于，在最悲凉的情节里，也始终能看到希望。"

夜读这部小说，宛若穿行在冬季与夏季的奇幻交界，一边是万树枯叶飘落，一边是山花灿烂怒放。书中的两代女人，面对被隔离在斯皮纳龙格麻风病人岛的厄运，选择了不同的方向，生存境遇天差地别。玛丽娅和妈妈伊莲妮以无限的挚爱扑入生活，将麻风病的痛苦埋入心底，像燃烧的煤一样推动人生的升华。而玛丽娅的姐姐安娜却是逃逸的一生，她甚至把这种溃败感传递给了自己的女儿索菲娅。

我很喜欢小说的结尾：索菲娅的女儿阿丽克西斯费尽心思弄清了自己的母系脉络，便毅然决定和男友埃德分手，因为她在曾外婆伊莲妮和小姨玛丽娅的故事中看到了另一种生命:"他们经历的事情,让我那么震撼。可真正打动我的是他们对彼此的爱那么强烈,经过了疾病与康复,顺境与逆境,到死才分离……我知道我对埃德没有那种感觉——十年甚至二十年以后,我也肯定不可能对他产生那种感觉。"

索菲娅太惊讶了,"她从来没有这样清晰地意识到过,女儿让她像看电影中的人物那样看待她的长辈。最后,她看不到耻辱,只看到英雄主义;没有背叛,只有激情;没有麻风病,只有爱。"

这就是葵花的品格啊,向着阳光追逐理想,把灰暗置之脑后。人人都说要过极简的生活,而极简的本质,正是这种单纯的精神维度,像磁针指向南方,像月光照耀海浪。

读着《岛》,我总是会想起杜拉斯的《情人》,尤其是那幽婉的开篇:"我已经老了,有一天,在一处公共场所的大厅里,一个男人向我走来,他对我说,我认识你,永远记得你。那时候你还年轻,人人都说你美。现在,我是特地来告诉你,对我来说,现在的你比年轻的时候更美,那时候你是个年轻女人,与那时的容貌相比,我更爱你现在备受摧残的面容。"

"更爱你现在备受摧残的面容"——每次看到这经典名句，我的心里总是涌起巨大的怀疑。《情人》中开满虚拟的花，男人知道自己要遵命迎娶别的女人，女孩知道自己终究要回到法国。爱情盛开时就已经飘落了，两个人在幻影中拥抱着虚无。这样的心境是那么凄美，让人沉醉其中，日复一日诠释着"备受摧残"的冰寒本意。比起《岛》中的玛丽娅和伊莲妮，《情人》中的男女如此绝望，活生生地让人看到，人生最大的困境往往是内心的荒凉。

《岛》出版于2006年，今天再读，我仍然会感动于其中不灭的勇气和纯粹。生活不是一道算术题，而是生命的燃烧，如陨石划过太空，有浩渺深处的来源，有坚定不移的落点。■

49

远去的那一代读书人

"我这样天天游荡，梦想有朝一日自己能安定下来，有一间房子，有一张书桌。别的奢望，一点没有。"

读到季羡林《回忆梁实秋先生》里的这番话，我不禁默然联想到遥远的春秋时代，那"一箪食，一瓢饮，在陋巷"的颜回，源远流长。

极简的生活确实清远，万物淡淡隐去，世界不再摇曳，人生逶迤，路径分明。然而在一个物质丰盈的消费社会，这种愿望很难具体化。如果胶柱鼓瑟地实现它，反而有些固化，封闭了与世界的联系。

季羡林先生也不能说没有一点儿"奢望"，这位文化老人晚年对养猫的挚爱，已经到了旁若无人的极致。人是有性情的，无痴不见其真，一点点"奢望"，正是人性可爱的地方。然而"一间房子，一张书桌"的向往依然是美好的，它代表了一份摆脱羁系、渴望自由的心情，是人文与地理之间最单纯的联系。

季羡林先生一生爱写作，从少年时代就开始读万卷书，写万里路，与很多只走不写的人大不相同。与学者相比，他更像个作家。有时候看到学文学写作的人，一听到要写东西就发愁，心里会连连感叹，那还怎么写作呢？

季羡林先生的《我们这一代读书人》，读起来天高地远，乡音无改的心声始终不变。在读过的季老的著作中，这一本并不像《留德十年》让人放不下。季老娓娓道来的那一代单纯的读书人，微笑着叠印在历史的悲欣中。■

50

又见《第二性》

西蒙娜·波伏娃的《第二性》是我的必读之书。所有人都是在男性文化的统治下生存的，从传宗接代到文明变换，无不遵循着男性的逻辑。似乎存在过一个"母权社会"，但波伏娃在书中指出，那不过是个神话。波伏娃写这本书，怀着存在主义的庄重感，呼喊女性要"摆脱至今给她们划定的范围"，走向自由。她将男权社会视为最大的奴隶制，期待一个新的人类："当一半人类的奴役状况和它带来的整个虚伪体制被消灭时，人类的'划分'将显示它的本真意义。"

自由之路谈何容易！波伏娃十分清楚，"男人希望女人受到轻松生活的欺骗和引诱，……事实上，大部分资产阶级女人投降了，由于她们的教育和寄生的处境使她们从属于男人"。这种状况引起丹麦哲学家克尔凯郭尔的长叹："做女人多么不幸啊！然而，做女人最糟糕的不幸，说到底是不了解这是一种不幸。"

改变世界观的书不多，这一本尤其值得珍惜。如此系统地从女性自身的生存去思考，重估整个世界的价值，这需要多么宽广的知识系谱和思辨力。读波伏娃，时时感到被呛得连连喘气，因为她掀起的是女性的思想波涛。

布列松给波伏娃拍的肖像，忧郁而独立，灰调的巴黎街头，弥漫着存在的苍茫。那正是波伏娃准备写作《第二性》的战后岁月，世界在重建，女性将如何生活？她启动了这个问题，却并没能解决问题。看《第二性》的人越来越少，历史还在男性政治的古老模式中运行。何原何因，只有在重新阅读中再度体会。■

51

芦屋的文学气质

芦屋是个小城，处于大阪和神户之间。地方虽小，却是谷崎润一郎、高滨虚子和村上春树3位文学大师长期生活的地方。

谷崎润一郎和村上春树都是写女性的大师，这对男作家来说非常不容易。《细雪》中的雪子，从21岁到35岁，一直期盼能遇上心里期待的男人，却在相亲路上一片茫茫。她的亲事最初总是很顺利，一到紧要关头就发生挫折而告吹。最后雪子嫁给了末代世族御牧，她结婚时看到自己婚礼后要穿的便服，惆怅感叹："要是这些不是婚礼的衣裳多好啊！"如果站在21岁的年龄，看到自己14年后的婚事，那该多么悲伤！但更悲伤的是，就这样结了婚，却已经没有多少悲叹的力量，反而在伤感中有种解脱感。谷崎润一郎对女性内心世界的摹写是如此细锐，种种期待、失落、挫败、伤怀、挣扎……滑梯一样的心路，一天天移到了认命的谷底，当年那个青春勃发的女孩，在时间的滴答声中蓦然远去。

《挪威的森林》中，最值得细读的是永泽和初美这一对的故事。初美是那样完美，渡边感觉"只要和她在一起，我就恍惚感觉自己的人生被拽上了更高的一级阶梯"。为了对永泽的爱，她忍受着不能忍受的一切，包括他毫无节制的乱性。爱情的一个核心标志是全身心地为对方改变自己，用改变自己回应对方美好的部分，相互获得精神与情感的提升。爱情的巨大价值，正在于这种改变中的相互交融，开辟出人生的新层面。初美代表了爱情中最美好的一端，也是最悲剧的一面。很多人像永泽一样，"亲切热情倒是不假，但就是不能打心眼里爱上某个人"。他们总是要求对方包容自己的一切，自己却永远不会为对方承受一点点付出。用永泽的话来说，"老鼠并不恋爱"。这样的相遇是最可怕的，初美虽然"身上有一种强烈打动人心的力量"，但最后还是割腕自尽了。

谷崎润一郎与村上春树写了不同时代的女性，都探触到生活表层下的激流荡荡的另一面。他们未尝不知道生存最怕细想，却还是以无限的温情去呈现女性的不易。伍尔芙在《达洛维夫人》写道："生活像一把刀扎在心里。"这也是谷崎润一郎和村上春树的悲怜。人生的一门艺术是装作看不见这些，以便于坦然地接受现实。然而好作家总是忍不住撩开华丽的表面，让读者不得不捂着胸口点点头，然后照旧生活。■

爱情是最难概括的事情

《格拉米格纳的情人》是一篇短篇小说，作者是意大利人乔万尼·威尔加。1986年，中国青年出版社翻译出版的美国人布鲁克斯和华伦编的《小说鉴赏》，把这篇小说收了进去。

故事并不复杂：意大利山村姑娘佩帕快结婚了，婆家家境殷实，新郎是位高富帅，"像太阳一样耀眼"，一切都指向幸福二字。突然官府贴出布告，通缉大强盗格拉米格纳。他可是个力大无穷的壮汉，"全省的人一听到他的名字就恐惧万分"。此时他已经被包围在山上，一个人对抗上百警察，打得噼里啪啦。佩帕姑娘一看到布告，马上去退婚，大声宣告："我喜欢的是格拉米格纳，除了他，我谁也不嫁。"随后她迂回曲折登上山顶，在枪林弹雨中找到了大强盗，和他并肩战斗，直到他重伤被俘。

故事还没完，更让人震撼的还在后面：佩帕在关押格拉米格纳的监狱旁住下，生下了他的孩子，天天望着"高大死寂"的狱墙，望着铁窗的栏杆。小孩子会跑了，"在士兵们的胯下窜来窜去"，被别的孩子们嘲笑为"格拉米格纳的狗崽子"。每当这时，佩帕"就勃然大怒，用石头把他们赶走"。

这个小说很奇特，上半段要嫁人这一段极为常见，都是"嫁个好人家"的常理。艾特玛托夫的著名小说《查密莉雅》也是这样的开篇。但后面就太不同了，《查密莉雅》里出现了一个没有钱却很有诗意的男人，把姑娘从物质生活的现实主义中拉了出来，转折到精神自由的浪漫主义中。而这个佩帕，她离浪漫主义十万八千里，但她就像火山爆发一样，轰破了一切常规，毫无逻辑，毫无脉络。

《小说鉴赏》的两位编者很有眼光，他们注意到这个故事"没有讲述的中间部分"：佩帕和大强盗在山上坚守了3天3夜，这期间发生了什么，让佩帕坚定了对他的感情？这永远是个谜，因为这个空白，小说让我们"思索一个关于爱情性质的神秘问题，一个牵涉到爱情与舒适和冒险之间的关系，涉及献出爱情与接受爱情之间的关系问题"。

重读这篇小说我很感慨，感慨于里面的那段遥不可及的"空白"。关于别人的爱情，人们太喜欢议论，议论得太多。世间总是喜欢用"正常"的"推理"去填补看不见的部分，不给它留下一点点真实的空间。《格拉米格纳的情人》好就好在它写出了爱情也有一种反智、反常规的酒神精神，当事人和局外人都无法理解，但它就那么任性地沉醉其中。人和人的区别，往往在这个临界点泾渭分明，绝大部分人有条不紊地男婚女嫁，极少数的那一群沿着没有路的路，消失在高山密林里。

爱情是最难概括的事情，它光谱无限，不能用雅俗好坏来衡量。在人类生活中，它和"食"具有同样重要的分量，超出了理性的范围。记得有一篇散文，写纽约唐人街的餐馆，老板可以催促伙计抓紧干活，但只要打工的说饿了，再紧张的时段，老板也毫无怨言地让他慢慢吃，"民以食为天"啊，不可违逆。爱情更是这样，这是人类作为灵长类哺乳动物最大的进化，是地球上唯一的唯一，如果幸中之幸碰上了它，怎么能不紧紧抓住呢？也许它像《格拉米格纳的情人》一样荒诞不经，也许它的结局是伤叠伤，痛加痛，但只要他们是听从内心的真爱，我们最好保持静默，因为这个世界既有人们"心中崇高的道德法则"，也有"头顶浩瀚灿烂的星空"。■

他一定是个很特别的人

托宾的长篇小说《布鲁克林》的结尾，从纽约布鲁克林返回爱尔兰小城的爱丽丝告诉妈妈："我刚回来就应该告诉你一件事，但我直到今天才说，我回家前，在布鲁克林结婚了。我已经嫁人了。"

妈妈"叹了口气，伸手扶住桌子，仿佛需要支撑"，然后抱住了她："如果你决定嫁人了，那么他一定得是个好人，是个很特别的人。他是那样的，对吗？"

妈妈说的是件多么难以做到的事，"好人"很多，"很特别的人"很少，婚姻要落实这两个要点，多么艰难。

然而爱丽丝回答："对的，妈。"

他真的很特别吗？托尼，她的新婚丈夫，一个纽约的水管工，在初次见面的舞会上，爱丽丝对他的第一印象是"衣着太过普通，也毫不打扮"。然而这并不妨碍她"感受到他身上的热度"，在浪漫的舞步中，"他朝她移近了……她能感受到他身上传来的压力与力量，她也移近了"。交往5个月后，他仿佛无意提起，"我想要我们的孩子都成为道奇队的球迷"。她"脸色顿时僵了，迫不及待地想要离开。……他的期待吓坏了她"。这是她将来唯一的生活之路吗？这个内心丰饶的爱尔兰姑娘一下子坠入迷茫。

爱情是一种命运，命运是不由自主的伟力，它在人看不见的无形中推动着一切。小说中的爱丽丝有意站在二楼的隐蔽平台上，看等待自己的托尼。

> 他站在那里，有种无助感。她感觉到他渴望快乐的心，他的迫切之情使他莫名的脆弱。她往下看着他，想到一个词——"开心"。他因某事而开心了，正如他因为她而开心了，他什么都没做，而这点一目了然。但这种开心却伴随着阴影，她看着他想，带着不确定和距离感的她，是否正是这个阴影？她意识到，他已然如此，他已经赤裸裸地呈现在她面前。她突然害怕得颤抖起来，转身用最快的速度跑下楼梯，奔到他身边。

这就是不舍啊，这不舍只能给同命人，其他的一切都是冗余，唯有这割不断才是本然。一跺脚一狠心能离开的皆属普通，只有只能暂停而不能倒退的才是一生。这不舍绝非虚幻，如爱丽丝读托尼来信的感受："托尼将自己融入其中了，他的温暖、善良、积极向上。她想，信中还包含了一些他身上永恒的东西，那是一种感觉：如果他一离去，她就会消失。"永恒的东西，语言不能描述，却决定全部，这是整本《布鲁克林》的灵魂。

每个人都有自己的不舍，人生不一定能相遇。文学写的总是相遇的故事，托宾写的《布鲁克林》同样如此。但他写出了日常情感与命运之约的交错，将微风徐来的生活表面与暗流涌动的内心融为一体，描绘出生存的无限与唯一。《布鲁克林》看上去写得很平静，但它揭开了一个人生要义：生活的表面琐细纷纭，但真实的生存只有一个，切切地珍惜它，如同爱丽丝珍惜托尼。也许因为珍惜而离经叛道，也许在珍惜中会偶然爱上别人，但一切都会回到心灵，像爱丽丝离开"顶好的绅士"吉姆、离开母亲，回到有托尼的布鲁克林。　■

每一天都留下记忆之痕

　　文学专业的学生，《追忆似水年华》和《源氏物语》一定要细读。文学人的天质是感受力、凝固力、表达力，缺一不可。看这两本细腻到极致的书，文学的触觉会无声地延展，细雨一样浸润万物。认真读过都会有这样的体会：其他的小说太炭笔了，到处是裂隙和空洞。而我们从小到大，读的几乎都是粗线条的故事。

　　现代人行色匆匆，几乎没有人静心去读这样的大书。感觉的硬化是时代的内伤，人和人之间彬彬有礼又界限分明。这并非人们彼此厌恶，而是没有品位温润的精神储存。生活是漫漫水流，而我们把它当作一列火车。当粗糙成为一种普遍状况，彼此之间也就没有什么值得发现。

　　到巴黎时我漫步在拉雪兹公墓，普鲁斯特的墓最简单，看上去仅仅是一块露出地面的水泥板。一枝玫瑰静静地放在一角，似乎在不舍昼夜地追忆。想起一位公务员对我说，忙了一辈子，退下来想一想这辈子干了啥，好像也说不出来。我听了很感叹，这就是我们和普鲁斯特的差异：他用皮肤呼吸生活，过滤体会着种种细微，每一天都留下记忆之痕，而我们像个大筛子疾步穿过，所有的时间都杳无踪影。■

55

千里上海一日还

一直很爱读杰克·伦敦的短篇小说，他写了很多路上的故事，大部分背景是阿拉斯加雪原。我记忆最深的是《为赶路的人干杯》。马扎麦山下的小镇酒馆，聚集着一群欢度圣诞节的硬汉。忽然走进来一个赶路的陌生人，"这个大汉的模样很惹人注目，就如同刚从油画上走下来的人物。他穿一身北极的毛皮装，身高足有六英尺二三，虎背熊腰大抵就是他这个样子吧。他的胡子刮得很干净，一张红得发亮的脸一看就知道是被烈风常年吹打的，又黑又浓的睫毛和眉毛上满是白霜，巨大的狼皮帽护耳和护领微微往外翘着，仿佛是黑夜中显形的冰雪之神"。

这样一个人，在零下70摄氏度的酷寒中，驾着雪橇长奔12小时，穿山过林120公里，来到这个小镇，睡了3个小时，又继续行程。他经历过3次投资失败，受过无数的苦，浑身写满艰辛，却从不停步。更加感人的是，他无论走多远，怀里总是珍藏着妻子的照片。

"陌生人，成家了吗？"

陌生人没有回答，只是打开了他的表，从当作表链子的皮条上摘下来，然后递了过来。大吉姆挑亮那盏昏暗的油灯，细致地端详着表匣里的物件，只见他的眼睛突然一亮，马上便忍不住赞叹了，接着他把表匣递给路易斯。"我的老天啊！"他重复了几遍这样的话，才又把它交给普林斯。大家都注意到他的双手哆嗦起来，眼里流露出一种柔情。就这样，表匣在一双双粗硬的大手间传看着——里面贴着的是一张女人的照片，是这些男人最喜欢的小鸟依人的那种女人，女人的怀中还抱着一个婴儿。还没有看见这奇迹的人都忍不住争先恐后地好奇起来，而已经看过的人却都默默无言地陷入回忆。他们都是勇敢且坚强的人，他们不怕面对饥饿的煎熬、疾病的折磨，也不怕暴死在荒野上或血泊中，然而这张女人和孩子的照片却使他们全都变得如同女人和孩子那般无助。

"我还没见过这小子呢——她说是个男孩，已经两岁了。"陌生人接过他的宝贝说，又恋恋不舍地对着照片凝视了片刻，之后他就"叭"的一声将匣子合上，转身默默走开，但却没有来得及掩饰他难以止住的泪珠。

小说将近结局，驾着狗拉雪橇的警察登场了，大家才知道那个已经出发的陌生人居然是个逃犯，他从别人那里抢了自己失去的4万元资金。面对警察，大家拒绝卖给他急需替换的5只雪橇狗，都希望那个陌生人跑得远远的。警察走后，硬汉们举杯，"祝那些今晚还在小路上跋涉的汉子们身体健康，路途平安；愿他们的粮食有富余，愿他们的狗跑得欢，愿他们的火柴都能燃起亮光。愿上帝保佑他，幸运跟着他"。

这篇小说写出了男人应该具有的坚韧和柔情。这个世界上有各种路，无论是雪橇、牛车、马车，还是突突车、绿皮火车、高铁，只要需要，都能驰骋千里。什么是自由？自由不是想要什么有什么，而是敢于踏上世间所有的路程。

沈从文在写给张兆和的情书里说："我走过许多地方

的路，行过许多地方的桥，看过许多次数的云，喝过许多种类的酒，却只爱过一个正当最好年龄的人。"今天想起这段话，仿佛第一次理解。读万卷书，行万里路，爱一个人，这是最好的人生啊！ ■

56

喜爱伦敦的伍尔芙

女作家伍尔芙对伦敦深情脉脉，她在她的《伦敦风景 —— 六篇关于伦敦生活的随笔》中写到伦敦的商业氛围："在牛津街这里，货物都经过了精制和包装。这里有太多的廉价商品、太多的甩卖、太多标签着降价的商品，这里的叫卖喧闹而又沙哑。"她的小说中处处都有伦敦街市的场景，而以往在萨克雷、柯南·道尔、欧文、亨利·詹姆斯等男性作家的作品里，这样的描写相对少一些。女性对商业大城市的适应和亲近是天然的，与男性有本质的区别。看侯孝贤的电影《恋恋风尘》，女孩阿云来到台北，生命一点点在城市的细节中打开，最后她离开男友阿远，嫁给了城里的邮递员。阿远在内心中与城市始终有一层水土上的隔阂，乡村的根性久久不灭，最后还是回到了故乡。这一对恋人的分手，不必从道德角度去悲叹，现代城市给女性提供了更多的空间，形形色色的商场、品牌店、咖啡馆、影剧院……从未有过的解放感，谁能拒绝？正如一位欧洲大商场老板所说："我这里是没有亚当的伊甸园。"

女作家的特别之处是，她不仅仅是一个市民，同时还是文化的继承者，对城市有更深的文明情感。伍尔芙谈到伦敦时说过一句特别有分量的话："一座城市的历史重量仿佛就是一座城市墓碑的重量。"威斯敏斯特教堂地下，掩埋着一代又一代文化精英，牛顿、达尔文、乔叟、狄更斯、塞缪尔·约翰逊、吉卜林、哈代、丘吉尔、罗伯特·布朗宁……伍尔芙对他们的精神留恋，使她把自己最重要的著作《达洛维夫人》的女主人克拉丽莎的居住地放到了威斯敏斯特："又在威斯敏斯特住了 —— 有多少年了？二十多年了 ——克拉丽莎确信，即使在车流之中，或夜里醒来之时，你都会感到一种特殊的静寂或者肃穆，一种难以言传的停顿。"

城市给普通人以劳动和消费，而对女作家来说，它更是一个泰晤士河一样沧桑的创作来源。伍尔芙活了59年，绝大部分时间都住在伦敦。走在泰晤士河畔，我默默地想，如果她像简·奥斯汀或者狄金森那样一直住在乡间，她还会是一个作家吗？看来，作家生活在什么空间，真是一个关键的问题。很多人没有实现作家梦，很可能是因为住错了地方。■

57

匆匆牛津，与拉金擦肩而过

牛津大学有104个图书馆，还有更多的书店。世界上最好的学术性书店布莱克韦尔书店坐落在城中心，门面不大，窗户上挂着绿色的窗帘。听说里面特别深阔，有世界上最好的书店服务。

很想在牛津的这家书店买本菲利普·拉金的诗选，他的诗所描述的人生，是一张拉满的弓，却永远没有飞射。激情与平静，焦虑与愉悦，留恋与断离，孤独与自由……古典、现代、后现代的语境，在他的诗行中并驾齐驱，相互消解又相互包容，涵括差异又充满断裂，强烈地打开了当代人生命体验的开放度。他1943年毕业于牛津大学圣约翰学院，也许只有在这悠远的校园里，才能体会到人生是一个不可控的扇面，无所依傍的多元性让生命沦入陌生的流浪，如拉金所写："谁能面对，寂寞带来瞬时的悲伤？穿过草木丰茂的心灵，无声地徘徊？"

拉金对生活的态度，与毕业于牛津的著名思想家边沁丝丝相连。边沁注重人生的幸福，一切社会变革，都需要以公民的"幸福最大化"来衡量。拉金的诗歌《日子》，同样表达着幸福的向往：

> 日子是干什么用的？
>
> 日子是我们活着的地方。
>
> 它们到临，
>
> 它们一次又一次地唤醒我们：
>
> 它们是要快乐度过的，
>
> 除了日子我们还能活在哪里？
>
> 啊，为了解答这个问题，
>
> 使得牧师和医生穿着长长的外袍在田野上奔跑。

然而愿望只是一种愿望，真实的生活总是一种悖论，痛苦和幸福在时间中总是叠合在一起，犹如染色体中的双螺旋。犹如拉金的《亲爱的，如今我们必须分离》：

> 亲爱的，如今我们必须分离：
>
> 不要让它引起灾难，变成苦痛。

以往总是有太多的月光和顾影自怜：

让我们将它结束：

既然日头从未在天空如此昂然阔步，

心从未如此渴望自由，

渴望踢翻世界，袭冲森林；

你和我不再容有它们；我们只是空壳，

听凭谷子正走向另一种用途。

是有遗憾。总是，会有遗憾。

但这样总归更好，我们的生活放松，

像两艘高桅船，鼓满了风，被日光浸透，

从某个港口分别，朝着既定的航向，

浪分两路，直至从视线跌落不见。

　　我很喜欢拉金的这首诗，它不仅仅是写爱情，也写出了生命的本相。不断地相遇又不断地告别，全球化时代的现代人，承受着猛烈的流速，向前的身躯，捆绑着过去的拉力。渴望自由的心灵不可停息，但曾经的一切总是挥刀杀回：

那么多我以为已经忘掉的事，

带着更奇异的痛楚又回到心间：

——像那些信件，循着地址而来，

收信的人却在多年前就已离开。

——选自《为什么昨夜我又梦见了你》

　　这就是菲利普·拉金，他让我们变得复杂，又让我们卸去幻想，变得单纯。■

男女顶尖作家花园相遇，会谈些什么？

我在伦敦拜访过两处作家的故居：狄更斯的与伍尔芙的。

狄更斯故居在 Doughty Street，是一长排四层连体公寓中的一套，看上去很中产的感觉。1837年到1839年，狄更斯在这里结婚，写出了《匹克威克外传》《雾都孤儿》《尼古拉斯·尼克尔贝》。其中《雾都孤儿》出版后震动英国文坛，狄更斯在这本小说里揭开了伦敦的黑暗面，流浪儿奥利弗·退斯特的命运，让那些冠冕堂皇的"救济院"、法院、上等人的慈善假面暴露无遗，让人们看到资本和权力的利益勾连。当时英国人的阅读兴趣都是喜剧性的，狄更斯本来是轻松小说的行家，幽默的《匹克威克外传》大受欢迎。但他"存心要使读者震惊"，《雾都孤儿》的序言直言不讳地说，"我既不妄想得到他们的赞许，也不为愉悦他们而写作"。作为一个20来岁的年轻人，已经取得巨大的文学成功的小说家，能这样想、这样做，真是不容易。一位外国评论家说，狄更斯出身贫贱，年纪轻轻就成为英国最富的人之一，却在每一本小说中都给予底层无限的深情，极少人能做到。

狄更斯1836年结婚时住的房间还完整保留着原样，床出乎意料地窄，只有单人床的宽度。大概深爱中的人永远不嫌拥挤。然而狄更斯结婚后也渐渐感受到婚姻的繁杂，他指责妻子凯瑟琳不会操持家务，还嫌她走路声音太大，让他的思路时时中断。中学时看《大卫·科波菲尔》，科波菲尔婚后对妻子朵拉越来越失望，"夫妻之间最大的悬殊，莫过于性情不合，目的不同。我曾努力把朵拉改造成我希望的那种样子，但是我看到，那是不现实的"。那时我很难理解狄更斯的这些话，后来才渐渐明白，问题不在于两人之间，而是作家不应该结婚，在审美领域，永远没有完美的女人。彻底的作家，只适合孤独地生存，在孤独的自由中笔挫万物，来到现实生活中，那是寸步难行的。

从狄更斯故居出来，西行10来分钟，就可以走到托维斯托克广场。这广场其实是个小花园，西南角原来有一幢标号52的小楼，弗吉尼亚·伍尔芙1924年到1939

年和丈夫住在那里。小楼在"二战"中被炸毁,原址上盖起了新的酒店大楼,旧日的小楼只能靠想象了。伍尔芙在这里写出了《到灯塔去》《奥兰多》《达洛维夫人》,每一本都是经典。《达洛维夫人》是我最珍爱的书之一,来到托维斯托克广场,我的内心充满敬意。这敬意并不是单纯的崇拜,对伍尔芙的观念,还是有一些不赞同。"一个女人如果打算写小说的话,那她一定要有点儿钱,还要有一个自己的房间。"她的这段名言传播万里,几乎成了女性文学的宝典。但细细体会她这句话,几乎每个字都不能不同意。伍尔芙曾经说过,女性小说家与男性最大的差异是缺乏空间,特别是像托尔斯泰《战争与和平》那样的辽阔场景。这才是关键的关键,多少人被"要有点儿钱"和"一个自己的房间"锁住,给自己徘徊的理由,停步在小小的格局中。伍尔芙的伟大,是她在创作实践中彻底超出"有点儿钱"和"一个自己的房间"的束缚,写出了生命自由的绝对价值。《达洛维夫人》中的女主角钱那么多,房子那么大,却感觉自己"十分青春,然而又无法形容地衰老","每天都在堕落、谎言和闲聊中一点点地消失"。伍尔芙展现出女性十分罕见的自我批判能力,每一本书都在探索女性另一种生活的可能性。这当然需要巨大的文学才华来支撑，而她最不缺的就是小说家的天分。这样的作家不必在意构思，源源不断地写就是最好的表达。

狄更斯也在托维斯托克广场旁的公寓住过，英国文学的男女顶尖作家，假如在花园相遇会谈些什么呢？也许狄更斯会称许伍尔芙的灵透，伍尔芙会羡慕狄更斯的浑重，然后微笑而去，都不改变。■

59

访劳伦斯故居

从诺丁汉主城驱车十几公里，来到小镇伊斯特伍德，我眼前一片红砖老屋，恍若19世纪的旧梦。

这里是 D. H. 劳伦斯的故乡，1885年9月11日，他降生在一个不起眼的小红房里。父亲是煤矿工人，母亲出身于中产阶级，双重遗传，给了他巨大的自我冲突，从两个方面获得互动的力量，也在两个世界里体会相互的毁灭。重新建构生命，是劳伦斯一生的寻求，也是这个文学巨人的原罪。

劳伦斯故居在一条小街上，小街一头接着伊斯特伍德的主要商区，一头渐渐消解在起伏的乡野。他小时候看到的景象并没有这般优美，杂乱污秽的矿区陋屋，低低的阴云下斑斑黑渍，到处是粗劣的线条。劳伦斯小说中的大量背景，就是这里。

故居不大，多走进去几个人就难以回旋。不过空间被精细地运用，客房、起居室、厨房兼餐厅、儿童房、后院……中产阶级的居住要素一应俱全，客房里甚至还有一架古色古香的钢琴。这都是他的母亲精心打理的吧，有个中产阶级生活趣味的妈妈，成长多不一样！心理学上说，孩子4岁前的心灵积累，决定了一生精神气质的70％，看劳伦斯故居，从反面深深体会到这一点。劳伦斯一生不断挣扎反抗的，正是这暖洋洋的中产阶级标准，这标准哺育了他，又使他窒息难忍，反叛成为他一生唯一的选择。

1910年，26岁的劳伦斯出版了第一部小说《白孔雀》，自此踏上文学之路。每个人都有身体的出生，但不一定有精神的出生，随大流是中产阶级的主调。劳伦斯证明了文学不仅仅是一种才能，更是一种逆流而上的生存。第二年他看到了弗丽达，他大学老师的妻子，两人果决地私奔了。俗人私奔之后还是俗人，油盐柴米、日出日落。小说家私奔后更加小说，从此劳伦斯的创作灵感波涛滚滚，每年都有大作品问世。

劳伦斯的小说《恋爱中的女人》和《查特莱夫人的情人》，分别写于1920年和1928年。在他的小说中，《恋爱中的女人》写得最深、最细润，让两对青年男女摇摆不定的内心缓缓显影，让人看到劳伦斯惊人的艺术渗透力。《查特莱夫人的情人》名声很大，但功在文化震撼，文学性倒在其次。今人读起来，《查特莱夫人的情人》那点儿性描写简直太拘谨，而在新教笼罩一切的劳伦斯时代，那可是石破天惊。

我上本科二年级时老师放教学影片，大家心潮澎湃地迎来了《查特莱夫人的情人》，结果是被剪辑过的洁本录像带。关于人的故事最怕被阉割，最后往往既不像人也不像兽，我们只见男女主人公莫名其妙地跑过来跑过去，不知在干什么。大家纷纷要求看完整版，后来被告知，这要相关部门批准才行，于是鸦雀无声。进入20世纪90年代，各种盗版碟片盛行，有一天忽然看到了《查特莱夫人的情人》，我赶忙买下，回去一放，却是赤裸裸的三级片。又过了两年，总算买到了真正的完整版，仔细看了一遍，尽管觉得不错，但觉得没必要看第二遍，多年的心愿就这样满足了。

走出劳伦斯故居，在伊斯特伍德小镇转了一圈。这地方仍然是浓浓的19世纪风情，红砖房舍大部分不超过两层，氛围安宁温馨。这样的生活多么顺遂，一辈子这样过有什么不好？可劳伦斯偏偏要写出这种生存的死寂循环，还要呼唤人性能量重建文明。真是大逆不道，所以他不得不离开这美丽的地方。他最后死于法国芒斯，连骨灰都没有回来。如今这里却建起了劳伦斯博物馆，成为小镇最大的文化财富。

历史在这里有多少错乱？走在伊斯特伍德的街市中，处处都是难解的题。■

60

写作是最专注的生活方式

纳博科夫写过一首诗，献给普希金的《叶普盖尼·奥涅金》。他曾经解释过，诗中有两个人物，一个男孩和一个女孩，站在一座桥上，河水映出落日，燕子飞掠而过。

男孩转身对女孩说："告诉我，你会永远记得那只燕子吗？——不是任何一种燕子，也不是那些燕子，而是刚刚飞过的那只燕子？"

她回答："当然，我会记得！"

说完，他俩都热泪盈眶。

很喜欢纳博科夫的描绘：不是那些燕子，而是刚刚飞过的那只燕子。大多数人的视线中，飞过的只是"那些"，而不是"那只"。"那些"是普遍的概念，"那只"才是鲜活的生命。

两者的区别在于凝视度。作家用心灵之眼看世界，儿童一般清澈简单，排除了杂七杂八的蔓延，看到了日月的原初，看到万物清晰的脉络。

我曾经很惊讶于简·奥斯汀，她在1896年仅仅21岁便写出了长篇小说《最初的印象》。17年后，她将这部小说换名《傲慢与偏见》出版。仅仅是因为她的文学天赋吗？看了一些关于她的传记，我渐渐明白，她的创作能量来自持之以恒的专心。一张张毛边纸，每一张被她裁为4页，甚至更小，装订成小册子，然后开始写作。她会拒绝自己写下的第一个词，不断用其他的词替代，直到发现还是第一个词妥帖才重新改回来。她家房子很大但人也很多，几乎没有可以独处的空间。她在众声喧哗中，俯身于自己的毛边纸小册子，敛气凝神，无形中划出一个精神小天地，自在地写作。这样的生存状态让她看到的生活必然与众不同，她自己是一把单纯的尺子，衡量出人间众生的种种可笑与可爱。

有谁能像奥斯汀、纳博科夫一样一辈子沉浸于文学呢？不少人一年年长大，不知不觉长散了，进校时是文学专业，出校时已经告别文学。写作是一件特别幸福的事，只需要一本毛边纸小册子，一双看得见"那只燕子"的眼睛，然而这幸福又很容易擦肩而过，因为它需要目不转睛，需要日积月累，需要傻气、才气和志气。 ■

61

受害者与害人者，转换一瞬间

辛格的小说《傻瓜吉姆佩尔》中吉姆佩尔是个备受愚弄的孤儿，他结婚后有6个孩子，妻子埃尔卡临终前坦白："我要干干净净去见我的上帝，因此我必须告诉你这些孩子都不是你的。"耻辱之中，他的记忆里奔涌出多年所受的各种欺骗，他决定接受魔鬼的挑动，利用自己当面包师的便利，"每天积一桶尿，晚上把它倒在面团里"，让全城的人都吃尿液面包。关键时刻妻子的亡灵出现了，她急忙阻止吉姆佩尔："你这傻瓜！你这傻瓜！因为我弄虚作假，难道所有的东西也都是假的吗？我从来骗不了什么人，只骗了自己。我为此付出了一切代价，吉姆佩尔。"

"只骗了自己"——记忆如一道光，照亮人生的全部生活。为了心安理得地活着，人会有意无意地努力记住些什么，又努力忘记些什么，充当面向自我的大骗子。在记忆的筛选中，人们喜欢把自己一次次PS（用

Photoshop软件美化修饰图片或照片），变得光鲜美好。实际上，谁能在这个世界上毫发无伤地走过呢？每个人都有被伤害的时刻，那是看不见星星的漆黑路段。每个人也有伤害过别人的痛点，不论有意无意，受害者与害人者，转换一瞬间。

想起《圣经·约翰福音》第八章中的讲述：以色列人逮住了一个卖淫女，把她带到耶稣面前，问该如何处置。耶稣说："你们中间谁是没有罪的，谁就拿石头打她。"以色列人一片沉默，静思片刻，最后都面色凝重地走掉了。耶稣的话引发了什么？今天忽然明白，是引发了以色列人的记忆，记忆中那些不为人知的"罪"，让他们走出了"自圣"的幻觉，终止了一次道貌岸然的集体暴行。

傻瓜吉姆佩尔虽说是个智障者，但并不是一个例外。他在制作尿液面包的大罪中，被埃尔卡制止。很喜欢《傻瓜吉姆佩尔》的反转：拯救与被拯救，风尘女与圣母，沉沦者与升华者，地狱与天堂融为一体，在记忆这个枢纽地带魔性地变幻。何去何从，谁胜谁负，人类几千年都未搞清楚。　■

夜读向田邦子

向田邦子的短篇小说集《回忆，扑克牌》是一本小册子，轻得像一把折扇，包含12个小故事。每个故事里面的人物都不是坏人，却都活得心神不宁，藏着种种喧哗的心思。尤其是男女之情，处处发散着不伦的气息，像碎了一只翅膀的蜻蜓，奋力飞起来，顷刻又掉入庸常。我印象很深的《格窗》中，中年男人江口正在回忆母亲阿高的风流情事：出嫁的女儿又返回娘家，逃避裂痕累累的婚姻。雪上加霜的是，偏偏在这个关口，他忽然发现妻子美津子与医生的暧昧……生活仿佛万花筒，每一次转动都是一堆碎片。

小人物如同小镇，具有四面八方的可能性，但都很难实现。人生贵在意难平，也毁在意难平。内心有种种摇曳的欲望，与其铲除它，不如细细地体会，辨别哪些是生命的必需，哪些是一生的支点，哪些是过眼烟云。

这需要对世界有广阔的理解，对生存有深切的珍惜，对人世有纯朴的过滤，对改变有一往无前的勇气。向田邦子笔下的人物，缺少的正是这些关键要素，没有拨开纷纭的能力，仿若顺流而下的鱼，偶尔甩出几个浪花又淹没不见。

人生不乏美好的相遇，却经常被廉价地处理了。《五花肉》里的公司部长半泽，职业生涯波澜不惊，眼看"盖棺论定"，突然与秘书波津子燃起了私情。

> "部长。"她正儿八经地叫了一声："您能由着我一次吗？"
>
> "什么事"
>
> "和我一起去游乐场吧。"

事情急转直下，枯木逢春的暖风，吹开了岁月的沉积，"那一晚半泽十分吃惊，感觉找回了10年前的自己"。

真情和余情的区别不在开始，而在展开。《日瓦格医生》中的爱情被人理解是因为它不畏严寒、不辞生死，是穿行在风雪狼嚎中的一首纯诗。而《五花肉》里的速生速灭，只能说是一朵飘摇的烟花，从来就没有扎根地面的力量。半泽后来去参加了波津子的婚礼：

> "恭喜恭喜。"
>
> 半泽高声道贺，自己都怀疑是不是声音有点儿过大了。放大声音，笑着闲聊一下，左边的脸颊就不会抽搐了。
>
> 波津子笑容可掬地回礼："前部长大人。"
>
> 半泽抬头看了看她身边的新郎。
>
> …………

读向田邦子，最大的收获是知道不能过什么样的日子。她揭示了那些人为什么失去了自己的生活，让人看到茶杯里的风波如何骤起，玻璃心又如何泯灭人的一个个可能性，把人生变成一场不痛不痒的挥别。这些故事交给舍伍德·安德森来写，会肃静凝重，俯瞰庸众的畸形。而向田邦子却写得清逸飘灵，每一行都溢着日常的生趣，让读者有滋有味地品出怅惘，不由得放下手边的杂乱，默默想想自己的过去。

这样的作家才分太高，足以让人扫除自得，懂得什么是真正的文学。∎

63

手握鸡蛋背对世界

我并不熟悉德国女作家海登莱希的作品，却被焦洱先生介绍她的短篇小说集《背对世界》中的一段话击中："埃尔克·海登莱希1943年出生，出版这个短篇集时已不年轻，可是我们竟能从她的这些小说里读出一种无行小女子才会有的摩登和张狂。"——无行小女子，摩登与张狂，多么引人的魔力，这究竟是一本什么样的书呢？

这本集子不厚，收录了7篇小说，我细细读了最后一篇《背对世界》。女主人公弗兰齐斯卡生活在一个"女人们一般而言要守身如玉到新婚之夜"的时代，但19岁的她"并不想守身如玉到结婚那天，她也想积累经验，她觉得自己已经像熟透了的果子，她想知道男人到底是怎么回事"。于是她经历了几次不成功之后，找到了一个35岁的魅力男人，"互相拥抱，在床上打起了滚"，还告诉他"我知道你是最佳人选"。数天之后，他们"该分手了"，她拥抱了他并说道："我永远都不会忘记你的，海因里希。我这辈子都感谢你。"他吻了她说："你真是个绝顶聪明的好学生。现在你可以勇往直前了。"

这样的故事，癫狂而知性，一切都令行禁止，内在的平衡让人屏息。传统社会，人是习俗的棋子，浪漫时代，人是激情的前驱，而《背对世界》中的男女主人公，高居于生命之上，有能力让心里的火山爆发，也有能力让它倒流回去，这真是人神共体，世界收纳在小宇宙的自转中。从这个情感新境界看《简·爱》《安娜·卡列琳娜》，那真是too young too simple，都是失去人生掌控的倾斜游戏，不值一提。

德国人的清峻举世皆知，但海登莱希的这篇小说绝不是孤立的存在，爱情余情化是20世纪小说的普遍现象。川端康成的《雪国》、杜拉斯的《琴声如诉》、乔伊斯的《伊芙琳》、毛姆的《面纱》、索尔·贝罗的《赫索格》、伍尔芙的《达洛维夫人》……与19世纪那些生死之恋相比，20世纪的两性之间，似乎是两杯香浓的咖啡，充满理性的调制感。爱情中的儿童天性没有了，开始时就预置了告别，说"再见"的能力空前强大。

谁也不能说19世纪那些浪漫之爱是唯一的真情，也许那只是长河中的一道飞泻瀑布，《背对世界》所写的才是人类的常态。生活中何尝不是如此？男女相悦，开始是男性的不清醒，各种追，女性很清醒；追着追着，女性越来越不清醒，男性反而越来越清醒。最后结了婚，两个人都清醒过来，锅碗瓢盆过日子。恋爱难道就是一场虚热？细细阅读《背对世界》，作者的心平气和后面是无情的嘲讽、痛切的怜悯，还是现实主义的回归？站在不同的角度，一定会有截然不同的回答。

很妙的是这篇小说的结局：27年后，在一个天气灰蒙蒙的日子，弗兰齐斯卡心里涌出再去看看那个男人的欲望，46岁的她"想重新还原成那个不安分、活泼好动的弗兰卡，想重新体会迷惘、心跳、蹦蹦跳跳地在路上走的滋味，希望能够胡思乱想以及不思而行"。她真的找到了他。

"你还认识我吗，海因里希？"弗兰齐斯卡边问边向他伸出了双手，"我是小女大学生，弗兰卡。"

"我认不出来了，"他说着把她拥入怀中，"那是什么时候的事了？"

"快三十年了，"弗兰齐斯卡一边回答一边望着他，"我恰巧路过乌尔姆，我只是想再见你一面。"

她看着他那张疲倦而沧桑的脸，深深的皱纹，过度饮酒留下的痕迹。他戴着一副眼镜，但他那浅色眼睛中仍有些许年轻时的那种魅力。

"进来吧。"他说着把她让进了屋子，屋里通风不够，有股发霉的味道。

两个人再次度过了狂热的夜晚，第二天又告别。彼此都明白"确实是最后一次了"。他们在公寓门前深深拥抱。男的说："谢谢！"女的说："谢什么？也谢谢你。我们现在两清了。"男的问："你给我你的电话号码吗？"女的摇了摇头说："不，除非你急需，因为你又在编写新的电话簿。"——这番对话苍茫无际，仿佛吹散的蒲公英，从床上落到地下，又飘向天空。既然如此，何必再聚？这好像是个多余的问题，刹那让人想起伍迪·艾伦的电影《安妮·霍尔》中的最后一段话：

再一次见到安妮，我真的很高兴。我意识到她是一个多么好的人，能认识她是一件多么有趣的事。我想起了那个老笑话，你知道，有个家伙去看精神病医生，他说："大夫，我兄弟疯了，他以为他自己是一只鸡。"医生说："那你怎么不把他带来？"那家伙说："我是想带他来的，可是我需要鸡蛋呀。"你看，我想这就是现在我对男女之间关系的感觉，你知道，它是完全非理性的、疯狂的，甚至荒谬的，但是我想我们还一直要经历这一切，因为我们大多数人都需要鸡蛋。◼

64

文学家的灵性

灵不灵气对一个文学人来说，可真是太重要了。

英国女作家简·奥斯汀写给姐姐的信，其中的奇谈妙语随手拈来，灵性处处可见：

"霍尔德太太要死了！可怜的女人，在这个世界上，她做了力所能及的唯一一件让人们不再攻击她的事情。"

"有位先生是来自柴郡的军官，是个大帅哥。听说他很想认识我，但他的愿望还没有强到付诸行动的程度，所以我们也就无缘认识了。"

"单身女人都容易受穷，实在太可怕了，这是人们赞成婚姻的一个强大理由。"

·············

简·奥斯汀的灵气，体现在她幽默的语言中，使她的人生变成了一场开怀大笑的旅程。若是没有这稀世的灵动，她那孤独走完的生命将是多么悲愁。从生活方式来说，作家就是一个语言的游戏者，能用自己的才华将语言玩儿得飞转，这才算进入了文学的门槛。

文学的灵气不仅仅体现在语言上，还在情节的想象中脉动。王安忆《长恨歌》第十五节写王琦瑶出门找李主任，李主任到爱丽丝公寓找王琦瑶，两相错过之后，李主任在街上看到了王琦瑶。

　　在他的汽车里，从车窗的纱帘背后，看见一辆三轮车飞快地驶着，几乎与他的汽车平行，车上坐着王琦瑶。她穿一件秋大衣，头发有些叫风吹乱。她手里紧捏着羊皮手袋，眼睛直视前方，紧张地追寻着什么。三轮车与汽车并齐走了一段，还是落后了。王琦瑶退出了眼睑。这不期而遇非但没有安慰李主任，反使他伤感加倍。这真是乱世中的一景，也是苍茫人生的一景。他想，他们两个其实是天涯同命人，虽是一个明白，一个不明白，可明白与不明白都是无可奈何，都是随风而去。他们两人都是无依无托，自己靠自己的，两个孤魂。这时刻，他们就像深秋天气里的两片落叶，被风卷着，偶尔碰着一下，又各分东西。

　　这一段写得深切，融入了作者对"苍茫人生"的透悟，所以情节摆脱了读者的期待，让李主任默默而过，消失在随风飘散的无奈中，具有普遍的象征性。若是由缺乏灵性的作者来写，十有八九是李主任跳出车去，与王琦瑶悲辛相对，凝噎无语——这难道还会有"长恨"吗？文学写作的关键环节是把握生存流变中的微妙，在一瞬间抓住想象中最有张力的场景，没有灵性是难以企及的。

　　作家的灵气还显示在一种看似奇怪的矛盾中：他们在生活上与主流格格不入，但在作品里却有意收敛着自己的恣意，给人物平淡的现实主义结局。托尔斯泰的《战争与和平》风云激荡，每个人物都经历着大起大伏，然而结尾却都沉寂于庸常的老套生活。那曾经狂热地投入爱情的娜塔莎嫁给了日渐肥胖的彼埃尔，变成了口唇刻薄的家庭主妇。托尔斯泰这样写，是忠诚于他所看到的普遍生存，不愿做丝毫主观修饰。但这并不意味着他接受这样的生存，生活中的托尔斯泰最后逃离自己的庄园，流落异乡死去。不因自己的愿望去虚构一种现实（多少小资作品乐此不疲），也不因现实的强大而改变自己的坚持（多少人一承认现实就归顺到现实的逻辑中），这样的切分渗透着艺术的灵韵，在精神和现实之间，找到了文学写作的位置。对比之下，那些在作品中浪漫无比、在生活中庸俗不堪的作者，实在是太聪明，聪明得毫无灵性。■

◆ 《堂·吉诃德》主题的藏书票是世界级的艺术，主要有八
个门类：一、堂·吉诃德肖像，这一张是其中的佼佼者；二、
堂·吉诃德阅读骑士小说的情景；三、堂·吉诃德的骑士装；
四、堂·吉诃德与桑丘在路上；五、堂·吉诃德与想象中的
情人杜尔西内娅；六、堂·吉诃德大战风车；七、堂·吉诃
德与幻觉中的魔鬼战斗。

堂·吉诃德藏书票

◆ 深圳大芬村，中国出口仿制油画的最大基地。出口的主要
对象是美国，据说平均每个美国家庭要挂 33 幅画。

2017 年 11 月 28 日摄于深圳大芬村

◆ 拉萨街头，一辆公共汽车靠站，人们纷纷涌向车门。这一瞬间的表情，纯粹而鲜活。

2018 年 9 月 1 日摄于西藏拉萨

◆ 日本作家志贺直哉在小城尾道的这间老屋写作了长篇小说《暗夜行路》。从老屋看出去，海湾一览无余。我去过尾道十几次，每次都到这小屋默坐片刻。"碌碌无为地度过是一生，艰辛地走过也是一生，人的生活应该是艰辛而生机勃勃的"——志贺直哉的感悟，说出了文学人的种种秘辛。

2010 年 5 月 3 日摄于日本尾道志贺直哉纪念馆

◆ 日本四国德岛县的阿波舞，女性的斜顶斗笠为舞蹈平添了不少风采。拍摄中，一个女孩转过头来，嫣然一笑，留下这美丽瞬间。

2011 年 8 月 13 日摄于日本德岛县

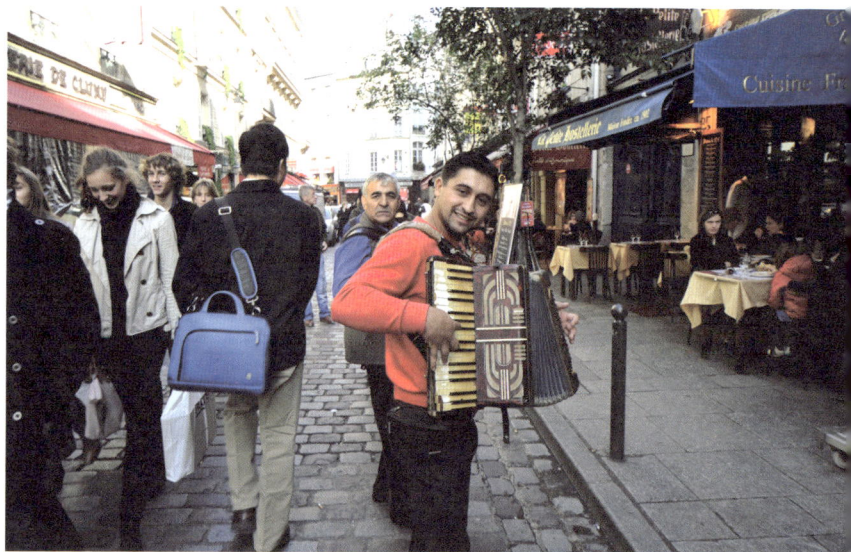

◆ 风情万种的巴黎，鹅卵石的老街上，各种店铺鳞次栉比。看这街头的民间演奏家，给生活增添了多少欢乐！

2009 年 10 月 28 日摄于法国巴黎

◆ 洛东达咖啡馆坐落在巴黎蒙帕纳斯大道，1920 年代，是文艺青年的聚集地，尤其是年轻的画家们，经常在这里聚集喧哗。其中来自意大利的画家莫迪里阿尼，是这里的常客。他身无分文，画风叛逆，生活在贫困线上，35 岁的时候染病去世。去世几年后被发现为天才画家，一幅小画市场价两万美元，他一生都没有花这么多的钱。

2009 年 10 月 28 日摄于法国巴黎洛东达咖啡馆

◆ 上海旧时被称为"十里洋场"，其实她的核心是传统的。每年的豫园庙会，满满当当的人流，尽情展露着这块中西交汇之地的多彩。

2009 年 2 月 1 日摄于上海豫园庙会

◆ 在吴哥窟忽然看到这三个小女孩，衣装朴素，笑容灿烂，眼神中洋溢着古老的纯真。

2017 年 1 月 30 日摄于柬埔寨吴哥窟

◆ 英国巴斯古城，夕阳下，古建筑的顶部余晖纯净，历史的烟尘在大自然的映照下，一切都归于平静。

2016 年 7 月 14 日摄于英国巴斯

◆ 北京蘑菇酒吧。2018 年初，我在这里与"一席"的伙伴们录制了六讲《爱情课》。

2019 年 4 月 18 日摄于北京蘑菇酒吧

◆ 吴哥窟最闻名的，是"高棉的微笑"。坚硬的岩石，漾开温润的笑容，表达着对世界执着的热爱。生活再坚硬，也要有能力微笑以对，这是发自心底的力量。

2017 年 1 月 28 日摄于柬埔寨吴哥窟

◆ 越南老街的陈氏祠堂旁边，有一组十二生肖的雕像。与中国不同，越南的生肖里没有老鼠，被猫取而代之。陈氏是越南的大姓，源于中国闽越一带。这个陈氏祠堂已有 300 余年的历史，被列入越南国家历史文化遗产。

2017 年 2 月 7 日摄于越南老街

◆ 圣彼得堡的商业氛围热烈鲜艳，在城市随处可见的洋葱头古建筑背景下，很有动画感。这几个站在店外的推销员，似乎刚刚从儿童剧里走出来。

2008 年 6 月 26 日摄于俄罗斯圣彼得堡

◆ 在前往牛津大学的途中经过这个小火车站，阳光过隙，正好照亮长椅上的人，时光好生动！

2016 年 7 月 14 日摄于伦敦

◆ 走出日本小城尾道的火车站，向左一拐，几百米外有一座著名女作家林芙美子的铜雕。在早晨的曦光中，林芙美子仿佛刚要出远门，简单的行装，透发着贫穷却坚定的信心，清晰地传来现代女性走向自由之路的脚步声。

2010 年 5 月 3 日摄于日本尾道

人生如电影

　　人生如电影，需要不断地剪辑，把最美的时光聚集起来，化为尚未展开的前奏，努力推向更完整的实现。每件好事都通向一种可能，让人相信世界在转动。生活是酒还是水，全在于能不能把这些真情酿在心里。电影《走出非洲》说，上帝会把我们身边最好的东西拿走，以提醒我们得到的太多。这句话也许只说了一半，更深的含义，需要在记忆的归来中领悟。■

用电影的心情看世界

拍电影看上去是个技术活儿，本质上却是人和世界的关系。比如剪辑中的平行蒙太奇和交叉蒙太奇，同时发生的事情以并行或交替的镜头呈现，形成高度的戏剧性效应。这当然是早期电影艺术中的重要创新，奠定了《火车大劫案》等影片的历史地位。然而深入地体会，这更是电影家对人类生活的深刻认识。在每一分每一秒，大地上都在发生不同的故事，城郭乡野、三教九流，万万千千的逻辑线，划出不同的起点与终点。人在青春年少时意兴勃发，要让世界成就自己，历经千辛万苦后，才明白世界是众人的生长地，谁都不是天下的唯一，人生的归宿，只能是成就这个世界。仔细体会电影中的平行蒙太奇和交叉蒙太奇，潜含的正是这个道理。

人的生活是多么狭窄，永远看不见视线外正在发生的种种新鲜事。多年前在医院，我看到一个欣喜若狂的男人，他的妻子生了个男孩。这个30岁不到的男子跪在妻子面前，说他欠了一大笔赌债，和债主说好，只要生了男孩，就把孩子送给他，抵销债务。妻子一听几乎晕过去，叫来了警察。世上怎么会有这样的男人？我简直不敢相信。病房的另一张床前，年轻的妈妈望着甜睡的婴儿，满眼幸福。丈夫瘦高个儿，拘束地笑着，时不时看看床前忙碌的丈母娘。丈母娘根本就不正眼看他，只对女儿说话。旁边的人悄悄地说，这小伙子是足球运动员，谈恋爱时女孩妈妈坚决反对，发狠说要断绝母女关系。女孩不顾一切地和小伙子结了婚，父母果然不理小两口，结婚后一次也不见。现在孩子出生了，丈母娘终于不忍心，找到医院来照顾女儿。

听了这情况，我不禁多看了小伙子几眼，挺不容易啊，更重要的是找到了真爱，够幸运的。忽然他紧张地看着丈母娘，一把拿过她手里的热毛巾，说："妈，你辛苦半天了，让我来。"丈母娘终于抬眼看他，小声说："产妇受不得冷水，你精心些。"女婿眼里涌出一层晶亮，这是他多么盼望的一刻，一家人了！

这就是生活啊！ ■

麦秋里的晚春

原节子从1963年退出日本影坛，隐居镰仓，再也没有多少消息。人们已经习惯她的不在，然而当她真的远去，还是令人怅然若失。

一代电影人过去了：小津安二郎、笠智众、原节子、杉村春子、淡岛千景……那些35度仰角镜头中的日本群像，在战后家族社会分崩离析的灰调中，留下了一抹暖色。

原节子始终是小津电影中的女主角，这是她的幸运。作为调动室内空间的艺术大师，小津把日本人家内的每一个角落都拍出了情味，让小家的温暖与社会的破碎相辅相成，写出了时代的变迁。这样的电影需要一个温婉而坚韧的女主角，而原节子恰好承担了这个关键性的角色。

原节子不是那种特别漂亮的女演员，她脸盘略大，眼角收得有点儿急促，尤其是身材稍显厚实，腰线出不来，身姿谈不上婀娜。但看她第一眼就使人心怀爱意，是属于比漂亮更高的美丽层次。在日本女演员中，她最有控制姿态的天赋，每一个角度都充满摄影般的镜头美。最重要的是她的目光辽远，善良而坚定，透发着传统又现代的生命力。世界大战后的废墟上，人们正需要这样丰满有力的好女人，而不是娇媚丛生的小姑娘，原节子的历史性正体现在这里。

　　我很喜欢她主演的《麦秋》《晚春》，女主角的年龄都是单身的二十七八岁，都承受着紧迫的婚姻压力。处于这个年龄段的女性，生活就真实多了，女伴们形形色色的婚恋，提供了足够的窗口，看清生存的黑白灰。这个年龄中的女子，不像二十一二岁的女孩那么任性。二十出头是自我感觉最好的时段，仿佛花开枝头众男仰望，幻觉中不知道其实处境最惊心，二十六七在出嫁，十七八岁快爆发，十五六岁在抽芽，哪有那么从容！写这样的女孩很有戏剧性，但大多是轻喜剧的路子，远不如二十七八的女主角，能传达出开阔的社会性。原节子最大的特点是她能把角色演得从容不迫，把"结还是不结"这样一个天大的问题放到平淡处，举重若轻中坚持了人生的自主性。《麦秋》里的纪子，拒绝了别人介绍的富家子弟，不让婚姻沦为锦上添花，最后毅然和即将奔赴偏野之地的穷医生结为夫妇去建设生活。从本质上说，这不是雪中送炭的善，而是独立和创造，是现代女性最宝贵的文化品质。如同喜爱耕耘的女人，在成熟的麦秋中，收获自己爱情的晚春，这也是莫大的温暖。可叹的是，真正的生存往往与艺术相反，原节子终生未嫁。也许她未能相遇，也许她不想要生活中那脆弱的幸福。

又看了一遍《晚春》。这里面有原节子最美的镜头：纪子与小野骑自行车经过海岸，温煦的海风撩动心怀，她笑得那么明亮舒展，所有的花朵都在摇曳。小津用了3个长镜头，追拍她海浪般的飘动。今天看到这里，有些淡淡的伤怀，想到她的离去，想到她在不同的片子里总有一句归家时的台词：

"我回来了。"■

68

真实的生存往往带着病症

韩国电影《八月照相馆》中第18分32秒到24分12秒，4个场景，把男主人公永元的温馨家庭、新旧两段不可实现的爱情、温善而孤独的内心娓娓展开。生的欢悦是那么热烈，死的阴影也无所不在，一生也许只能容纳一次短暂而完美的爱，那就让它在病魔的催促下尽情燃烧——在这高密度的340秒中，导演许秦豪设计了长达32秒的快速移动长镜头，让永元开着摩托，载着女主人公多琳沿街飞奔。这种黑帮电影的常见画面，移用到一个温和男人的生活里，是多么令人珍惜的心情！

好的生活常常因为太好而不长久，真实的生存往往带着病症。这对于本质善良的男子是很残酷的现实，这也是永元的命运吧。他把初恋芝泳的照片印得很大，挂在自己照相馆的橱窗里。芝泳婚后生活不如意，来到永元的照相馆，问他为什么还不结婚。永元说"在等你"。

他们都知道这不是一句真实的话，因为所有的可能都已散失。但好男人本质就是活在这样的不可能中，让它幻而不灭。《八月照相馆》写出了这类总是被女人怀念，却与幸福屡屡擦肩而过的男人，每个镜头都渗透着留恋，但没有怨尤。

现实中，人们喜欢赞美看得见的力量，魁梧豪迈历来是评价成功男性的标准。《八月照相馆》是另一种眼光，它对男性的内在做了新的诠释，把徐徐展开的宽度当作人的内心世界的美好。当永元微笑着给自己拍下遗照的那一刻，影片终于穿越了死亡的黑暗，让他接纳了一切幸与不幸。爱情只是一朵有开有落的花，唯有大地永恒。■

69

当"剩女"找到"经济适用男"

中国70后导演李伯男的《嫁给经济适用男》中的人物不多，除去跑龙套的一个女角，只有3个人：30岁结婚的"剩女"张静宜、勤快老实的"经济适用男"崔民国、离婚后正在寻找真爱的23岁姑娘小美。

人物不多，问题却不简单。"剩女"张静宜从青葱岁月开始挑了一路，到了30岁这道"红线"，反复权衡，心有不甘地嫁给了其貌不扬、工资中游、百依百顺的崔民国。这基本上是道"找男人"+"找仆人"+"找挡风墙"的精算题，生物学、经济学、社会学三体合一。爱情呢？《简·爱》大声呼唤的"精神与精神的对话"呢？也许曾经想到过，不过都是当年娇花照水的心思啦，还提它干什么。看看这个剧，我们能发现"剩女"其实不是年龄，是内在的嬗变。当精神性的"爱情"变成了计算性的"适用"问题，生命的老化就开始了。

中国话剧常常以悲剧开始，喜剧结束，这个戏也是这样。"经济适用男"在家里拖地、做饭、洗衣服，工资全交，靠干活儿得到的一点儿零用钱缓缓气。兔子憋坏了也会蹬腿，于是"适用男"压抑之中偷偷网恋，掀起一场离婚风暴。最后关头，两人神奇地发现了彼此的好，相斥的力学变成了相融的化学，无爱的荒凉沙漠忽然开满鲜花。不得不佩服编剧和导演使用502强力胶的能力，居然能把如此尖锐的时代冲突瞬间粘到一块儿，给"剩女"和"经济适用男"这样和谐的终局。智商啊，情商啊……

中国青年一代正在进入一个有婚姻的独身时代。很多小家庭貌似社会学意义上的核心家庭，实际上是双核家庭：双方都在衡量经济不经济，适用不适用，那性价比的暗算，天天在累加。这样的"经济理性"实在太沉重。婚姻恋爱都是需要每天清零的精神空间，彼此就是一种单纯的存在，能对上眼就行，其他都能创造。"经济适用"这把算盘实际上最昂贵，让生活失去了不可计量的最珍贵。

要明白这一点很容易，不说也知道。但在这个知而不行的历史阶段，道理完全失去了效应，知性为任性送行。今后还会出现形形色色的"女"和"男"，让一切扭曲释放出张力，在五颜六色中穿越。反过来想，这也是特别好的事情，因为这会给我们提供漫长的对比性体验，在杂芜中历经往复，熬炼出具有坚实现代内核的价值观念。▶■

70

从"爱谁"到"谁爱"

《左耳》这部根据饶雪漫同名小说改编的电影，可以轻易找出一连串缺陷：镜头段落之间缺乏转场技巧，音乐始终未形成情感高潮，人物总是显得太多……然而，在各种槽点之间，仍然有掩不住的青春热量腾腾闪动。

中国人的传统生活，缺的是17岁之后的青春。少年老成避免了许多悲剧，却也隔断了自主的成长。女孩李珥的幸运，是左耳听不见，这使她更多地听从内心的声音向前走，不必左顾右盼、八面玲珑，摆脱了"好女孩"的重负。这个被纯化的女主角，最珍贵的品质是表里如一的真诚，没有精心操作的技术性和表演性。电影以她为轴心，关联到张漾、许弋、吧啦、尤他等主要角色，每个人都有不同的社会站位，与她发生不同的故事。

以这样一个不常见的女孩作为影片的主人公，有很大的难度。女作家写的小说，几乎全部主题都是"爱"或"不爱"。这是一大强项，也是一大局限，因为人类生活远远不是爱情能全部概括的。把女作家的小说改编成电影，第一项任务就是扩大内涵的社会性，使作品更丰实。问题是这部影片的剧本作者正是饶雪漫本人，女性因为自我维护而写不好女性的潜在弊端，顿时放大出来。影片里的女生都很纯情，哪怕是富家女蒋皎也不过是可爱的小虚荣。这就有点儿魔幻非现实主义了。

难能可贵的是，电影在男性人物的表现上，有深沉的比较视野。整部片子概括起来，就是一个转变：李珥如何从喜欢帅气的许弋变化到爱上坚强的张漾？从"喜欢"到"爱"，这是多少女孩无法跨越的人生迷局！帅是一个平面，坚强是一种成长，爱平面与爱成长是截然不同的两种情感。电影中的张漾混合了草根与水手的双重气质，在大喜大悲中前行。走过残酷的青春，李珥终于用左耳"听见了"张漾的爱，证明爱不需要语言，需要的是共同的精神纵深。

文学艺术中向来缺乏描写女性成长的作品，没有《约翰·克里斯朵夫》一类史诗般的精神长河小说。这部电影当然不能说解决了这个问题，但它还是有了新的叙事端倪：重心从传统的"爱谁"转变到现代的"谁爱"，释放出女性的独立与主动。在这样的视野下，阳光热辣辣地照下来，天地不再被男性的身影笼罩。爱情也不再是"谁为我付出最多"的稀缺性考核，而是"谁才能进入我丰饶生活"的纯净感受。 ■

71

和上天之间的事情

"今天一早她就动身去罗马了。"

亨利·詹姆斯的《一位女士的画像》就这样结束了。这个长篇小说，最后5节密度骤大，全书的线索轮辐般快速聚集，却以这样一句鸿影远去的收笔带走了全部能量。

奥斯蒙德，自负、冷漠、虚荣、阴鸷……是一个精致的利己主义者。一年多的婚姻中，伊莎贝尔看清了他的全部黑暗，却还是决定从佛罗伦萨回到他身边。

伊莎贝尔遭遇到的，是女性情感最绝望的深渊。她带着自己意外得到的巨额遗产，从美国到欧洲，她拒绝了几位优越的男性，毅然嫁给贫穷而"优雅"的奥斯蒙德。巨大的勇气和跨越，远远超出人间烟火的逻辑，进入了神话世界。这样的女性，冲出了传统格局，已经跳出了得失的精神格子。

也许这是理解她重新"回到罗马"的一个线索吧。在充满叫卖声的人间走过，处处都有权衡与计算。然而，有时候还是需要做一些毫无收益的事情，甚至失去很多，还是不改不变。根本无法解释为什么，只能说这是上帝让做的事，是神的意志。

这种"神格"的事能做多少，对有的人来说，完全不可思议，是世俗社会不可理解的怪异。而对另一些人来说，这是天性的本色，无须任何思虑。一辈子因为做过些这样的事情，我们才能体会到生命的重量。

想起1997年去世的特蕾莎修女，她以羸弱之身，创办了"博济会"，温暖了千千万万的麻风病人和垂亡者。她最大的体会是，"你今天做的善事，人们往往明天就会忘记"。但不管怎样，"把你最好的东西给这个世界，说到底这是你和上天之间的事情，而绝不是你和他人之间的事儿"。

现代世界是一群商人、工厂主创立的社会，讲究的是等价交换。特蕾莎、伊莎贝尔的"宗教冲动"是越来越不合潮流的坚持。现代人的善是冷静的。我曾经在电视上看到一对歌手夫妻，主持人问女的，为什么对婆婆那么好。女歌手说："因为我想，对婆婆好，老公才会对我好。"说得实在又合理，却又让人感觉缺了点儿什么。

《一位女士的画像》写于1881年，那时候，伊莎贝尔这样的"圣女"还隐约可见。1946年的奥斯卡金奖电影《黄金时代》，里面的邻家女孩嫁给失去双手的退伍兵，看上去就略显人为，但还是会让大战之后的美国人感动。之后，这类角色退出了文学视野。

看到奥古斯丁的《忏悔录》，忽然想到了伊莎贝尔，又读了读《一位女士的画像》后半部。深深感到，"文艺复兴"也需要重新打量，它让我们自由地展开了"和他人之间的事儿"，却一天天淡忘"和上天之间的事情"。

《卡萨布兰卡》几乎就是为鲍嘉和褒曼量身定制的，他们的气质与他们饰演的男女主人公太切近，完全可以靠本色表演。所以，看这部片子用不着观察他们的演技，全部的注意力都集中到男女主角的处境。鲍嘉饰演的里克，被女人伤得很重。受伤很重的男人，常常要换个活法。里克在摩洛哥开了个酒吧，周旋于三教九流，在"二战"中的是非之地冷看刀光剑影。情感废墟中的男人太需要陌生而迷离的环境给自己一段冷冻疗法。世界上最耐看的就是失恋的男人，冷冻中的里克显得很酷。把这种酷进行到底，能让一个男人洗尽温柔的浪漫，一天天刚硬起来。从"男子"到"汉子"，往往中间被爱情剁碎过一次。重塑过的男性，变化之大，有时连自己也觉得惊奇。

然而"全世界有那么多城市那么多酒吧，她偏偏走进我这一间"，鲍嘉的伤口，还要再加一把盐。这种"巧合"通常是电影的大忌，让观众忽然有了"编"剧感。但褒曼饰演的伊尔莎打破了这个规律，一出场就让人恍然大悟：怪不得里克如此痛苦，伊尔莎实在是太美了。"美"是超越"漂亮"的更高层次，是精神的纯净与高贵。这样的美一般要经过岁月的反复淘洗才能积淀，伊尔莎却在青春年华中就具有了。《卡萨布兰卡》就这样把里克写到了绝境：伊尔莎又出现了，而且身旁还多了个男人，一个反法西斯战斗中的男人。有的人很不解：伊尔莎到底爱谁？怎么又出现了一个男人呢？这问题太肤浅，女人爱几个男人，关键是身边有几个优秀的男子。同时或不同时地爱上不同的人，又有什么奇怪呢？

我很喜欢看到男性遇到了这种处境：女人为什么消失得到了解释，男人却陷入更大的痛苦。里克最困难的事情就是发现离开自己的女人并不可恨，心里无法把她根除。怎么办呢？再发动一场进攻，把她夺回来？他可是大有机会啊！假如编剧这么干，《卡萨布兰卡》就是一部庸俗的言情片。在最考验编剧的关头，电影的亮点出现了：里克经过千难万险，给伊尔莎和那个男人搞到了飞离摩洛哥的通行证，让他们幸福前行。这大大出乎观众的意料，顿时使人充满了仰视，看到日照星空。

既然女人有自己更幸福的路，那就酷酷地目送她远行。现代男性文化中，这是一个爱情的新品种。《日瓦格医生》《赫索格》《西西里柠檬》……很多作品都有这种结局。这是温暖的输出，也是决然的了结。只有这样，才不负于人，也无负于己，毅然关上最后一页。《卡萨布兰卡》之所以魅力无穷，就在于这种为爱分离的精神力度吧？ ▇

72

我们怎么走到这个地步？

现代生活最繁杂的一面，是人与世界错位的不平衡。遥想农业社会的人生理想，三十亩地一头牛，老婆孩子热炕头。听上去有些大男子主义，但把"老婆"换成"老公"，也是说得通的。工业革命之后，世界无限地打开了，看到、遇到、想到的东西太多，个人生活再丰富，也只是缤纷世界的一个碎片，怎么看也充满遗憾。

于是，婚姻成为一个替代，这个关起门来的小世界，要承载大世界的一切失落。男人女人，都希望在对方身上实现自己的梦想。这听起来很自私，但在爱的名义下，却变得顺理成章。

《消失的爱人》，从小说到电影，都从这里起步：粗糙的尼克和神话女孩艾米都属于不可改变的男女。不可改变是因为他们一实一虚，代表着生活的两种方向。婚后的尼克一举一动都像个玩偶，被艾米一点点调理到自己的满意线。然而艾米最大的愚蠢是不知道婚姻的一条定律：任何人都不要幻想可以改变对方，20多年形成的习惯，绝不可能为了"爱情"而烟消云散。婚姻中的"改造工程"是感情的挖掘机，每一寸拓进都在创造废墟。尼克终于与肉感女孩安迪搞上了，这是一直被压抑的弹簧的释放，也是尼克和同类人的汇合。艾米的创世纪戛然而止，一切突然掉头开始驶向地狱的线路，她一步步设计着被尼克杀死的假象，让他万劫不复……

大卫·林奇的特长是惊悚片，前几年看《七宗罪》，就领教了他冰冻人心的能力。这一次执导《消失的爱人》，他最重的一笔是结尾的对话：

尼克：我们所做的一切就是互相怨恨，互相控制，带给我们的只有痛苦！
艾米：这就是婚姻。

这就是婚姻！这绝不是导演的反话，而是全剧的核心。艾米毕竟是哈佛大学的高材生，她已经看到了世界之开阔，但留给人的余地并不多。19世纪的包法利夫人放眼天地，曾经感叹"世界为什么离我那么远"，这其实是个跨时代的问题。爱情婚姻和世界的复杂性是对应的，而两性承担这种复杂性的能力却十分有限。在农业社会人们十五六岁就结婚了，因为生活很简单，种地而已。工业社会的人类被分割在不同的板块中，志同道合需要时间，但20来岁也能进入稳定期。那时大部分的爱情像一项课堂作业，千辛万苦找到了答案。现在一切都变了，所有凝固的事物都四分五裂。欲望是人唯一的导引，但欲望之多，又成倍地放大着内心的混乱，大家都渴望任性地活着。古希腊"认识你自己"的神启，人一生也触碰不到。从根本上说，后现代社会是不适合爱情的，然而两性又不得不走到一起。我常常想，当代人大概40岁才勉强有谈恋爱的精神能力，可是这做得到吗？

美国《时代》周刊的评论很有质感："这本小说写了一宗让人发噱又惊悚无比的婚姻，会让你忍不住花一番心思琢磨自己的枕边人。"影评人亚当·罗斯说得更远："这是一个披着悬疑小说外衣的爱情故事，探索一个感情触礁的永恒难题：我们怎么走到这个地步？"这样提出问题，并不令人绝望：身处坚硬的时代，爱情是一件需要极简的事儿，当你不再把它当作爱情，所有的问题都淡化了。这意味着你不因为爱情就有所改变，该自己创造的生活还是要自己创造，身边不过是多了一个醒来就能看到的伙伴。■

73

幸福准时来敲门？

精力十足的时候看欧洲电影，伤风感冒时看美国电影——好莱坞是艺术治愈系的大本营，无论多么艰难的日子，它的片子的结局总是一片光明。

《当幸福来敲门》是一个推销员苦尽甘来的故事。写一个普通男人的困厄，一般有3个要件：妻子或恋人离去（必须是善良的，不然只会让观众为那个男人庆幸）；工作丢了又苦觅不得；还需要有个读幼儿园的孩子（最多不超过小学二年级）——这3样加起来，就是《当幸福来敲门》的主角克里斯所遭遇的困境。小人物遇到这样的处境，通常是降低一下人生的追求，在卖力气的简单劳动中延续生存。而克里斯不同，他选择了反方向，跑到一家大的理财公司当没有薪水的实习生。为了1/20的录取希望，他带着孩子吃教堂的免费餐，睡地铁站的厕所，到医院卖血……最后，他独占鳌头，成为大公司的交易员，阔步踏入中产阶级。

这样的故事一点儿也不令人感动，因为没有把现代生活最难的那部分写出来。本质上说，克里斯还是个农民，整个生活还结结实实地笼罩在种瓜得瓜种豆得豆的逻辑里。劳动必有其价值，这是土地的真理，也是传统社会最核心的支柱。然而，当今社会已经大大超越了这个逻辑，各种非线性的偶然在财富聚散中大显身手。在这样的时代里，克里斯的命运十有八九会踏空，而电影偏偏写了那1/10，让命运的魔方在那最后一秒钟准确地定了位。这种编法酷似魔术：写的人骗，看的人贱，大家围着一大碗鸡汤欢天喜地，都明白是一场梦幻。

二十四五岁，前面好像焦头烂额一大堆事，磨难重重。但30岁左右的时候，个个都过得不错。过来人才知道：困难往往是一天天、一个个扑上来的，我们倾全身之力也能对付它。想到这儿，越发对《当幸福来敲门》增加了怀疑。它把倒霉事接二连三地扣在一个男人头上，这幸福的结局也太必然了。而且，动不动就设计"妻子跑了"的情节，这让男观众出了口气，那女观众心里咋想呢？这么一个片子还获得2006年奥斯卡最佳男主角提名奖，好莱坞的调味越来越寡淡了。■

74

山河依旧，故人难回

贾樟柯的电影和小津安二郎的镜头感有些相通，中近景多，稳定、平视、细节稠密。生活本来就是这样连绵，并没有多少跳跃的故事性。然而一片平淡中涌动着不息的欲望，饮食男女在任何空间都不会停止燃烧。26岁的山西汾阳女子沈涛与同龄的梁子、张晋生都有些感情，梁子的质朴勤劳和张晋生的聪明强势，都是她喜爱的。这种同时爱上两个男人的情形，真是太多了。这俩人要是能合成一个人，是多么理想，但又是多么的不可能！归根结底，爱情就是一场不完美的选择，喜悦中裹挟着隐隐的伤情。沈涛最终选择了张晋生，他是个有钱的煤老板，能买一辆红色的轿车拉着她到处跑。梁子在痛苦中远走他乡去当煤矿工人，临走时把老屋的钥匙扔到了空中。

故事走到这儿，一般也就结束了，因为人物的命运基本定型，相互关系也散了架，再发展下去很容易变成琼瑶剧。但贾樟柯的路子就是不一样，他能从小说开头，一步步把它演绎成散文，在故事的消解中呈现生活的本相。14年后梁子带着老婆孩子回到汾阳，他身患绝症将不久于世。沈涛来看他，坐在炕头上给了他一笔钱。这热炕头当年也许是属于他俩的，那生命的路线会完全不一样。此时的沈涛，刚刚和张晋生离了婚，7岁的儿子也随着前夫去了上海。世界多寂静，婚姻、儿子都已离去，回到眼前的初恋也奄奄一息。一切都来源于14年前的一个选择，那选择多么合理，可生活远不是一场合理的游戏，哪怕你每一步都走得很对，突然间却发现都是一场错误。问题出在哪儿呢？

看过这么一段话："女性从来不会完全因为感情去选择一个人，也不会完全因为金钱去爱一个人。"这话说得很好啊，好就好在谁也不明白，女人男人都说不清。生命犹如一滴墨，落在宣纸般的世界上，可能绵延到任何一个方向，无论对错。贾樟柯的电影，每一部都呈现着这样的纹理，弥漫着视万物如刍狗的冷静。

《山河故人》听上去辽远沧桑，人物却微不足道，实实在在是几个窄人的故事。窄是人生最大的敌人，它使人沉陷在莫名的亢奋或沮丧中。影片中的3个主角各有各的盲区，而盲区正是决定命运的最关键因素。沈涛看不到张晋生除了钱以外的贫穷，梁子看不到沈涛彷徨中想获得安定的无奈，张晋生看不到梁子永远是沈涛内心的爱恋。3个人加起来，也摸不到现代精神的边缘。这真是当代中国人的缩影，跋涉在阔大的历史转换区，每一天都激情满满，每一步都错误百出。

影片结尾，沈涛在夜色中独自起舞，她跳的是影片开始的那场舞，山河依旧，人已不复当年。20多年过去，生活像一根马尾巴，晃来晃去还在老地方。忆旧是温馨的，也是痛苦的，如果生活再给沈涛一次从头开始的机会，她一定会做出另外的抉择。影片结尾出现如此凄美的画面，引起海内外的称赞。这恐怕不仅仅来自观众的喜欢，也发自人世间的感伤，因为这"如果"是无数人的盼望，也是满天下纷纷扬扬的落花。■

你从来不想做谁的女朋友，现在却是别人的妻子

电影《和莎莫的500天》一开始，旁白就把故事的轮廓讲清楚了：这是一个男孩遇见女孩的故事。

男主角汤姆·汉森，来自新泽西州的马盖特，打小就认为自己不会有真正的幸福，直到遇见他的"真命天女"。女主角莎莫·芬恩来自密歇根州的辛尼克，却不这么想，自从她父母离异，她只爱两样东西：第一是她乌黑的长发，而第二是她可以轻易地把它剪掉，毫不在意。

汤姆在1月8日那天遇见了莎莫，他在那一刻突然明白了莎莫就是他要找的那个人。

这是个男孩遇见女孩的故事，但我要先告诉你，这不是个爱情故事。

电影的这个开场白，给观众先打了一针镇静剂，让大家保持清醒，不要以为一个男孩遇上了一个女孩，接

吻了，上床了，旅行了，唱歌了，就是爱情了。所有这些古典和现代爱情的要素，到了这部电影里，都是云彩里掉下来的一个彩蛋，让人眩晕500天，然后踪影全无。

汤姆仿佛是相信爱情奇迹的阿里巴巴，心里总是默念着"芝麻，开门吧"，莎莫就在他的神话愿景中黑发飘飘地出现了。他一下子爱上了她：

> 我爱上莎莫了，我爱她的笑，爱她的头发，爱她的膝盖，爱她脖子上心形的胎记，爱她时不时说话前舔一下嘴唇，爱听她笑……这辈子值了。

男人爱女人，就是这样使用洪荒之力淹没自己，淹没对方，淹没世界。浩浩荡荡中，却并不知道莎莫的心底有无边无际的沟壑，远远超出汤姆的视觉。"在她的高中毕业纪念册上，引用了苏格兰贝儿与塞巴斯乐团的一首歌——《生命因坎坷而精彩》。"这种对于chaos of trouble的渴望，溢出了《简·爱》以来女性爱情的传统边界，完全不是追求唯一性的浪漫男孩汤姆所能应付的，所以莎莫"可以轻易地把它剪掉"，化为生命"坎坷"的一个片段。至于精彩不精彩，那是一个随着岁月绵延变幻莫测的问题。

　　这样的莎莫，以往都会因为不符合男性对女性的期待和框定，被一笤帚扫入"问题女孩"的漆黑中，自吞苦果。《和莎莫的500天》不同，莎莫从头到尾都过得很主动很自在。编剧和导演并没有将她的三观污名化，好像需要改变的反而是汤姆。汤姆学的是建筑专业，"他会是个很棒的设计师"，但他改行了，到一家公司专门写贺卡，因为他想，"与其做那些一次性的东西，比如建筑，不如做些永恒的东西，比如贺卡"。在经历了和莎莫悲伤的分手后，他才意识到，生活的本相如此悲喜，绝不像自己写下的爱情箴言那样温馨无际。他第一次明白公司和自己都是"骗子"，"骗人的，我们都是骗子，就是这些卡片、电影、流行歌曲，它们该对所有的谎言负责！"一次失恋，不但让汤姆走出了社会虚构，也走出了爱情虚构，诡异地实现了"因坎坷而精彩"。

　　影片中的莎莫是复杂的，绝大部分男性不会喜欢她。她虽然年轻，却在一次深爱破碎后不再相信爱情。与汤姆同床共眠时她敞开了心怀："我曾经做过一个梦，我在飞，开始的时候我只是跑，那么快，就像超人，渐渐地地面变成了陡峭的岩石，我跑得太快了，离开了地面，我飞起来了，很奇妙，奇妙且真实，感觉很自由很安全，然后我明白了，我是一个人，然后就醒了。"这是多么不适合恋爱的人，再也不会把爱情当作100％投入的神圣信仰，而这正是当代无数女孩提前到来的沧桑。

很喜欢影片的结尾，莎莫轻快地与另一个男人结了婚，之后重逢汤姆，两人都有点儿小尴尬。

汤姆心结犹存地说："你从来不想做谁的女朋友，现在却是别人的妻子，我很吃惊，也许永远理解不了。"

莎莫："我只是一觉醒来，然后就明白了。"

汤姆："明白什么？"

莎莫："和你在一起的日子，一直没有给我真正的信心。"

汤姆："那真是很糟糕。"

莎莫："当你发现你的信仰全是狗屎的时候。"

汤姆："你说什么？"

莎莫："就是命运、精神伴侣、真爱，那些童话什么的。"

汤姆默然："你是对的，我应该听你的。"

这番对话，听起来是莎莫的压倒性胜利，但男观众绝不会被她说服。女性清醒一次就够了，男性总是从一个童话跑进另一个童话。男性的幼稚是颠扑不破的，女性也十分欢迎男性的这种无可救药。影片的结局男性女性都能愉快地接受：汤姆又遇上了一个从容不迫的微笑女孩，他情不自禁地邀请她"是否可以一起去喝咖啡"。姑娘先是婉拒，又说"没问题"，并且欣然自我介绍："很高兴认识你，我是奥特姆（Autumn）。"

从Summer到Autumn，从夏天到秋天，汤姆的命运如何？影片又打出一个醒目的"1"字，开始了另一个前景朦胧的"500天"…… ∎

《小偷家族》中的3组关系

《小偷家族》尽管人物众多，但结构十分精致，为叙事打通了多层次多通道的线索。6个人是3组关系：奶奶与亚纪、信代与友里、柴田初与祥太。

3年前，高三女生亚纪不堪父母的冷漠，经常靠冒充高中生当援交女（JK）获得生计。她在爷爷的葬礼上遇见了奶奶，私自从家里逃出来。奶奶年轻时被丈夫抛弃，亚纪是奶奶前夫的孙女，与奶奶并没有血缘关系。奶奶为什么要收留这个"负心人"的孙女？这一笔打开了人性的复杂，呈现出男女情感的灰度地带。奶奶知道自己来日不多了，这暮色时节的回忆，已经有了更多的宽恕和追念。她恨得更多的是那个勾引走自己丈夫的女人，而对前夫，则是越来越不明白的感觉。终究一辈子只嫁了这么一个男人，而且她每个月领的养老金还是冒用前夫的名义。奶奶的心路，浓缩着从传统向现代转换时期的女性疑难，突然奔来的亚纪，是那个前夫留在世上的一片落叶，奶奶情不自禁接住了。换作干干脆脆的现代女性，会做出什么样的选择？愿不愿接受这"美好的瞬间"？是枝裕和抛出了一个难题。

信代与小女孩友里的关系却有些惊心动魄：友里的妈妈从前是娼女，友里的爸爸是在"风俗店"里认识的她。这和柴田初与信代的结识一模一样。信代把伤痕累累的友里带回家，又想把她送回去，但听到屋子里的友里父母正在大吵："当初就不应该把她生下来！"这样的话信代太熟悉了，她小时候听到自己父母说过无数次。切身之痛中她明白："被说过不应该被生下来这种话的人，是学不会如何去爱的。"于是她又把友里带回家，决心不让友里重蹈自己的覆辙。这"美好的瞬间"划分了"母亲的爱"与"母爱"的区别。母亲的爱可能无比温暖，也可能无比专横。我养了你我就拥有对你的绝对控制，小时候给你买好看的红衣服，拿电熨斗烫你，长大了决定你的婚姻和生存，都是我的权力——友里母亲的逻辑，在这个世界上以各种形式广泛地存在。《小偷家族》所透视的，不仅仅是友里母亲这类"坏妈妈"，更照射出那些以"为你好"的名义浇铸儿女的"好妈妈"。"母爱"是远高于"母亲的爱"的人类价值，它以土地般的养育力，让儿女自然地、丰富地、独立地、自由地成长。从母亲的爱升华到母爱是一个艰难的过程，要面对重重难以预料的悲欢，如同毛姆小说《面纱》中的凯蒂，经历过沉沦、苦难、生离死别，她最大的愿望是生个女孩："我想要个女孩，因为我想亲手把她抚养长大，让她不要再犯我曾经犯过的错误，当我回首小时候，我恨自己，但又没有机会重新来过。我会抚养我的女儿，让她自由自在，能够自食其力。我把一个孩子带到这个世界上来，爱她，把她养大，不是为了让她将来和哪个男人睡觉，从此一辈子依附于他。"

所以，《小偷家族》中才有了信代最重要的那句话："生下了孩子，就自然成为母亲了吗？"

柴田初与祥太的"父子"关系，与《小偷家族》中的女系关系截然不同。柴田初几次让祥太叫他"爸爸"，但都被祥太回避了。这是影片中的一大亮色，象征着男性社会系谱关系的权力本质。在人类社会，父亲不仅仅是生物性的血缘根脉，更是文化与经济秩序的权威体系。柴田初当年与信代"正当防卫"杀了人，他一人承担责任进了监狱，出狱后上无片瓦下无立锥，与信代住在废弃的汽车里，后来靠上了有简屋的奶奶才定居下来。也许是共情心驱使，他从破车里捡来了祥太，总算有了"自己的孩子"。这个毫无社会存在感的"父亲"，只能制造与社会常识完全不一样的逻辑，来打造自己的父权法源："放在柜台的东西不属于任何人，只要商店没有倒闭就好""只有没法在家学习的孩子才去上学"——这另类的"生活在别处"，让少年期的祥太无法确认，让他如何心安理得地叫一声"爸爸"？关键时刻柴田初和信代捡来了友里，这个备受母亲虐待的小女孩，让祥太忽然萌发了"哥哥"的使命感，他一瞬间踏上了清晰的生命台阶，一切变得不一样了，如同黑格尔所说："有一些宝贵的东西作为它的目标时，生活才有价值。"当他看到"妹妹"在超市偷窃被追抓时，他毅然暴露自己，跳下高架路，保护了友里。在《小偷家族》中，"妹妹"友里是最大的解构要素，她看上去那么羸弱，但在6人关系中，彻底重新定义了每个人的位置，让原来的"家族"逻辑陷入困局，最终走向瓦解。

影片最后，祥太坐上大巴，看着渐渐远去的柴田初，轻轻叫了一声"爸爸"。这个瞬间是忧伤的告别。哲学上有一句名言："当虚假成为真理的一个环节，它也不再是一个虚假的东西。""爸爸"是虚假的，但他让自己在毁灭中看到了新生。"父亲"这个词的含义，正是用来体会依存和远离的。最终，所有的儿子都是父亲的陌生人，却又在心里深深地呼唤。 ■

77

远航在"3.14"之后的世界

李安的电影中，我很喜欢《少年派的奇幻漂流》。π是无理数，小数点后无穷无尽。作为一个常数，它约等于3.141592654，这是专业技术人员才使用的数字，在日常中，大部分人只记住它是3.14，后面的数字就不再关心。只有数学家不依不饶，明知无穷尽，每天却还在努力地计算。少年派的独特，是他不满足于"约等于"，他不但突破了大众的"3.14"，还突破了更深入的"3.141592654"，把小数点后面的小数写满几黑板。无限变化，无限不循环，这3.14之后的不可见，正是他的人生。常数之后的未知中，生存都是意外，处处惊涛骇浪。电影《少年派的奇幻漂流》非同常理的绝境中，人与老虎终于互相看到了孤独的眼神，彼此重新梳理了世界，在大海万物生灵的相伴下茫茫同行。

电影中关键的一场，是那座浮岛，草肥水美，繁花满树，仿佛是生命的美好乐园。无数漂流的旅人在此停靠，不想离去，沉醉于安定和满足。然而就在暖眠中，生命悄悄地被消解，化为池水中的骸骨，只留下莲花中的一颗牙齿。这美丽而恐怖的食人岛，正是无数人"3.14"化的生存，它让人安顿，让人离开自己的遥远的可能，把一切交付给环境，忘记后面的时光还有无穷无尽。什么是死亡？死亡就是对未来这个"无理数"的放弃，把生命固化到能计算清楚的得失中。没有什么事情比抛弃自由更可悲，而人们总是不知不觉地跨入丢失进行时。老虎不是人，它能用原始的眼睛洞察人类的危境，所以它拒绝夜里登岸，以静静地等待启示少年派的醒悟。影片中最感人的一场，是少年派深夜中的回头一看，老虎帕克伫立在远处的小船上深深地望着他，它的眼神里充满忧虑和期待。这清澈的目光穿越迷幻，让人看到真正属于自己的命运。■

78

如果你错过我的那趟列车，
你会知道我已离去

科恩兄弟的电影《巴斯特·斯特鲁格斯的歌谣》，一部由6个短片组成的影片，结局都是出人意料的反转，镜头语言张力十足。尤其惊叹其中的第五个短片，《受惊女子》。那优柔迷茫的年轻女子爱丽丝，随着马车队长途跋涉，去俄勒冈与从未谋面的男人"结婚"，没想到路上和赶马车的纳普订了婚，最后在印第安人的袭击中误以为陷入绝境，惊恐自杀。"不确定性，是世间一切的正道。"——这道理听上去简单，但如此剧痛地置入到一个女性的生与死中，将"出嫁"这样一个古老的期待拍出了苍凉。

1984年起，科恩兄弟导演电影，编写电影剧本，走出了一条与好莱坞套路大为不同的艺术路线。这两兄弟上过大学，弟弟在普林斯顿学哲学，哥哥在纽约大学学电影，形而上与形而下无缝衔接，跨界融合必有奇果，小众喜欢，大众也觉得新颖。2007年，他们导演的《老无所依》获得奥斯卡最佳导演、最佳剧本改编奖，美誉传天下。但更让人难忘的是他们2013年导演的《醉乡民谣》（*Inside Llewyn Davis*），"Inside"特别有深意，写出了那些坚持内心、由内而外生活的人是多么艰难！男主角、民谣歌手勒维恩·戴维斯身无分文，还能在音乐经纪人对他的商业化诱惑面前说"不"。这样的孤独与骄傲是多么稀少，只有这样的坚持，才打开了美国20世纪60年代民谣运动的大门。

个人和社会到底是一种什么关系？科恩兄弟的每一部电影都在探索。工业革命之后，人类渐渐从差距社会向差别社会转变，历史之轴的转动异常沉重。差距社会是一元的，人人追求同样的价值、同样的目标，谁跑得快谁就是人生赢家。差别社会，是多元的，每个人都有自己的选择，不和别人比，千差万别，各有天地。现实生活中处处可见这两种人的区隔，感叹属于差别社会的人太少太少。但太少并不等于悲观，因为未来是属于差别社会的，内心自由的人长路迢迢，视野无垠。《醉乡民谣》中的主题曲唱道："如果你错过我的那趟列车，你

会知道我已离去，你能听到的只有遥远的汽笛。"这句歌词一直藏在心里，无论欣于所遇还是一别两宽，都有一份淡淡的宁静。 ■

79

走出巴特比困境

《抄写员巴特比》这部剧充满国际味儿，导演和编剧是德国著名的独角戏名家珀泽，演员是王传君和苏力德，改编自美国作家梅尔维尔的同名短篇小说。

梅尔维尔的小说原作十分简单：律师事务所来了一个新的抄写员巴特比，起初干活儿兢兢业业，后来却渐渐开始说"不"，最后"堕落"到什么也不干。老板无奈将他解雇。不料巴特比坚持不走，老板毫无办法，只好自己离开，将事务所转给别人。新来的律师老板毫不客气，以"流浪罪"起诉巴特比，把他送进了监狱。最终的结局是巴特比在监禁中绝食而死，天下终于太平。

原著小说很短，仅仅5页纸，要变成90分钟的舞台剧，恐怕要加不少料，对话、音乐、独白、额外人物……然而出乎意料，话剧的整个剧本朴实到极致，几乎是把小说"讲"了一遍。讲述者是王传君扮演的律师事务所老板，从他的角度，把他与抄写员巴比特的怪异经历一一道来。蒙古族演员苏立德一身四任，不断变身，扮演其他3个雇员，间或还扮演巴特比。这是迄今看到的最"小说化"的话剧，打破了两种艺术样式的界限。王传君的角色类似于古代的说书人，整个舞台和场面调度都是说书的背景。

衷心赞誉这种尊重作品原生态的改编方式。梅尔维尔1891年孤寂去世，留下长篇小说巨著《大白鲸》和一批短篇名作，包括《抄写员巴特比》。对他的作品进行改编，一定要慎之又慎。他的写作逆流而上，在工业化的滚滚大潮中骇然看到普世的灾难，每一篇都想唤起人类的觉醒。他在捕鲸船上度过了惊心动魄的5年，深切体会到拥有工业革命巨臂的资本力量多么可怕。建造一条大的捕鲸船要耗费2000棵百年树龄的老橡树，毁掉上千亩树林。火炮利舰横行四大洋，将杀戮和瘟疫带入非洲、美洲，短短几十年，格陵兰鲸、弓头鲸被斩尽杀绝，几百万非洲黑人被抓到新大陆当奴隶，上千万印第安人被白人带来的天花夺走生命……一个小小的抄写员，其实也是这个庞大掠夺体系中的一个程序，而且是关键的法律环节。他的"效率"直接关系到资本运行系统的畅通性，他那"我倾向于说不"的宣言，是划时代的觉醒，更是和整个社会的宣战，他的下场，除了死亡，还会有其他？

看话剧《抄写员巴特比》，会让人想起一大批相连的作品：索尔·贝洛的《奥吉玛奇历险记》、加缪的《局外人》、卡夫卡的《变形记》、萨特的《厌恶》、迪伦马特的《隧道》……毫无例外，主人公都是对现代生活说"不"的人。为什么说"不"？德国思想家韦伯讲得最清晰：现代社会组织已经高度合理化、科层化、官僚化、制度化、标准化，人的自由、情感、意志、价值判断变成了高效组织的"负面因素"，更谈不上什么个体的创造空间。在这个组织体系中，上级永远比下级英明，下级的天职就是服从。巴特比是个异数，他要说"不"，他不得不沉沦，他的死去是人的主体性的消亡。而梅尔维尔的伟大在于，他150多年前就看到了这一切，那个时候，全世界的人们都在歌颂大机器生产的辉煌，都在敬仰工业化带来的"先进文明"。这也难怪他去世时默默无闻，只有《纽约时报》发布了一条一句话的消息："海关职员梅尔维尔去世。"直到30多年以后，人们才猛然发现，他是一个多么伟大的人类命运预言家。

世界进步的一个最重要基石是允许人们说"不"，让大家有"不做什么"的自主权。这正是英国哲学家柏林所说的"消极自由"。巴特比的"我倾向于说不"，是对这种"消极自由"的鲜活诠释。生存中最可怕的，是心里每天都想说"不"，行动上却忙个不停，在朝九晚五的流水线上勤勉有加，深陷马克思批判的那种与自我、与劳动的异化状态。异化的基础是根深蒂固的犬儒主义和奴隶主义，尤其是犬儒主义，危害巨大。《抄写员巴特比》中，最具悲剧性的不是巴特比，而是律师事务所的那个老板。他具有犬儒主义的所有特质，既看到社会的病态，也同情巴特比，甚至还有些理解他，但他还是一步步将巴特比送入万劫不复，落入监狱这个"合法的暴力"机器之中。这不正是"面向现实"的精致精英的普遍德行吗？

这个戏富于青春的思考性，特别适合青年学生。巴特比的时代已经过去，却又不断地还魂。今天看这个剧，只停留在"我倾向于说不"是远远不够的。过去的社会追求的是整体性，一个人越符合集体的要求就越有典范意义。今天正在快速进入差异化时代，一个人的独特性、原创性决定了他在世界上的价值。以前是30年陈旧一代人，现在5年就能让人在文化上老去。勇于说

"不"是新鲜生命的前提，勇于走新路、勇于做新事是拥抱未来的根本。巴特比的困境是无可选择，今天人们的难关是敢不敢选择，"干"还是"不干"。对于年轻的大学生来说，这犹如哈姆雷特的"生存，还是死亡？"，容不得丝毫迟疑。■

80

有生命的东西都是很费工夫的啊

《海街日记》中三姐妹到日本山形县小镇河鹿泽参加父亲的葬礼,第一次看到了父亲第二任妻子的女儿浅野铃。父亲扔下三姐妹15年未见,女儿们对他自然没什么深切的感情,但一眼见到14岁的同父异母妹妹,姐姐们内心的柔软都打开了。车站告别的一瞬间,大姐香田幸凝视着小妹妹,忽然说:"铃,到镰仓来,我们4个一起住吧。"

非常突兀的情节,却是那么自然,观众的心也长长地松了口气。从影片开始到此刻,所有人都悬挂在一个担心上:父亲的第三任妻子是个冷漠的后妈,失去双亲的浅野铃,如何面对今后的生活?大姐的一句话,消解了沉郁,浓浓的亲情,拉开了人间的温馨。

这很不容易,养大一个小妹妹,要付出很多。回到镰仓,前来探望的婶婶忧心忡忡,对香田幸说:"这样的话，你又要晚嫁几年了。"这是老人才会讲的话，婶婶知道，人间美好的心意里总是装满了辛苦。可大姐并不畏难，她的生命哲学来自院子里的那棵55岁的梅子树，每年香田家都用这棵树的果实做梅子酒。外婆生女儿时种下它，后来又看着女儿生下3个女儿，她常常对外孙女说："有生命的东西都是很费工夫的啊。"

一部《海街日记》拍的就是这句话。不懂生活时，苦就是苦，乐就是乐，轻就是轻，重就是重。经历了年年月月阴晴风雨，心头的滋味蔓延开来，渐渐知道苦中有乐，乐中有苦，轻也是重，重也是轻。人生的感觉，全看你为别人想几分，为自己想几分，想法不同，冷暖自然不同。

《海街日记》里的人物都有难解的心事：大姐与医院的医生同事理不清的情缘，二姐总是爱上吃白食的小白脸，三姐是个长不大的御宅族……导演是枝裕和不悲不喜地拍下去，光影淡淡，却拍出了暖心的情味。很喜欢他的电影理念："我只想让我电影中的人们如其所是。"

"如其所是"——这特别难，需要本心，需要对生活高强度地沉淀。社会的逻辑复杂套着复杂，顺着迷宫一样的路子走，没几步便找不到归路。《海街日记》化繁杂为简单，三姐妹的全部故事从一个可爱的小妹妹重新开始，生活变得"很费工夫"，却更加"有生命"了。

影片最后在海边，四姐妹自在地嬉戏，3个姐姐看着小妹妹快乐地奔跑，大姐幸福地感叹：

> "爸爸虽然是个失败的人，但说不定很温柔。"
> 二姐、三姐有点儿奇怪："为什么？"
> "因为，给我们留下了这样一个妹妹。"

到这里，《海街日记》风轻浪静，我们这时候才明白，影片归根结底的脉络是化解深埋的怨恨。一部治愈系的讲述，就这样达到了风格的极致。 ■

爱你所爱，行你所行，
听从你心，无问西东

　　电影《无问西东》，一群大牌演员，一个半生不熟的剧本，一堆生拉硬扯的时代背景和人物关系，竟也给人一阵骤起的感动。这部片子最大的特点是演员的眼神不飘，似乎到了中年，经历过种种浮世光景，真的能感受到影片的核心句："这个时代缺的不是完美的人，缺的是从心里给出的真心、正义、无畏和同情。"

　　这句话有点儿啰唆，其实只要说到"真心"就可以了。在今天的中国社会里，能做到"真心"已经十分不容易，正义、无畏和同情，那还是遥远的事情。《无问西东》概括了从20世纪20年代到今天的4代人，每一代人的故事都可以用"真心"来衡量，纯真者备受打击，愚昧者随波逐流，觉醒者生死茫茫，一切都刻画出一个基本的现实："世俗是这样强大，强大到生不出改变它们的念头。"

影片弥漫着悲伤的气氛，但"骨头里"并不悲观，相反有一股以内抗外的英雄主义气质。这种张力在影片结束时达到高峰，迸发出号角般的强音："愿你在被打击时，记起你的珍贵，抵抗恶意；在迷茫时，坚信你的珍贵。爱你所爱，行你所行，听从你心，无问西东。"仔细想想，这段话相当突兀，影片的情节和境界完全达不到这样的高度，然而还是能让观众接受，因为我们的当下生活中，实在太缺乏这样的精神。 ■

追昔抚今看《芳华》

电影《芳华》，女文艺兵跳《草原女民兵》那个片段，那么旧，又那么新，一群90后姑娘跳回了"文革"年代。

演艺团体的一大特征是人人都生活在镜面中。每天上午练功，演员们对着一面墙的大镜子，练姿态，练表情。日复一日的姿态控制和表情训练，打开了另外一种生命空间，与日常生活中的那个"我"截然不同。在表演中，"我"消隐不见，举手投足都融入规定的角色中，完成脚本的设定。从这个角度看，演员是社会中非常特殊的群体，角色与本我之间潜藏着形形色色的危机，每个人都必须找到应对之道。

刘峰作为男一号，是影片着力打造的好男人。这个木匠的儿子对什么人都好，把革命年代的忘我发挥到了极致，因此年年被评为标兵也是理所当然。他似乎是文工团中自我与角色距离最近的人，在心理上具有最高的平衡性。然而他完全没有意识到，360度无死角的善人，最不适合谈恋爱。爱一个人不但要爱对方的优点，也要爱对方的缺点，一个大缺点中往往隐藏着大优点，反过来也是如此。如同在日常生活中，男女初次约会，女孩脸上涂得红彤彤，衣裳精心挑配却浑身不搭，一看毫无经验，审美上太稚嫩。然而可笑处有大大的可爱，那份单纯和天真让人感动。若是化妆化得了无痕迹，一身出水芙蓉的美，那该多么吓人！相爱之人是一对齿轮，长处和短处互相咬合，这才有唯一性。爱情是刘峰的滑铁卢，他的悲剧不在于善，而在于给自己的设定太好，以至于林丁丁面对他的表白都觉得恶心。不恰当地形容一下，这就像唐僧突然向白骨精求婚，谁不愕然呢？整个《芳华》中，刘峰始终处于爱无力的状态，结局时何小萍已经说出了心里的话，他也无法爆发出内心的回应。有评论说，这是因为他已是残疾人，不想拖累何小萍。倘若真如此，那也是一种可怕的完美，在面对大情的时候想这么多，那还有什么人生乐趣呢？

何小萍是个背负"原罪"的女孩，她的亲生父亲关在监狱里，继父是光荣的革命干部。这种双重性给了她远比同龄女孩更复杂的心态，隐藏成为她性格的关键成分。藏事很深的女孩往往不受欢迎，别人不可靠近，但她又热切期待得到群体的接纳，这是一个生存悖论。如果影片从这个角度挖下去，可以找出具有时代性的精神脉络，甚至折射到当下中国人的心理深层。现在的流动社会，人和人之间有大量的看不见，无数的"何小萍"在一起欢声笑语，内心却无比寂寞。《芳华》忽略了这一点，把何小萍与女兵们的矛盾散化到琐细中，偷拿军装、出汗味大、晒胸衣……这些过于简单实在的情节，冲灭了一个严肃的主题：内心装满秘密的何小萍，如何在舞台角色中与大家获得一致，又如何在舞台下保持自己的孤独？对现今的年轻一代，这也是个重大的问题。

影片中的叙事者萧穗子没有多少戏，却给人留下了深刻的印象。她对小号手陈灿的感情，看不出有什么根基。这并不奇怪，女配角的限定，不能给她充分的展开。在冬夜的卡车上，她悄悄把告白信放进陈灿的小号盒里，这是个感人的举动，没有充分的把握，一般女孩不会如此大胆。女生示爱的代价比男生高得多，男生求爱失败是一种锻炼，女生失败了就是终生的羞愧。这当然只是对一般人而言，特别优秀的女生告白失败，常常因为男生不敢接受。紧张逃离之后，男生心里是永远的怀念和追悔。《芳华》中的萧穗子几分钟之后就知道，陈灿已经定情于门当户对的别人，她把情书又悄悄取出来，撕碎，抛向茫茫的夜空。看到这一段，观众丝毫没有觉得有悲剧感，反而为她高兴，庆幸她没有嫁给一个不懂珍惜的人。错爱是人生的一大主题，如评论所说，谁不在恋爱中遇上几个渣？陈灿也许不能算是渣，他恐怕是不想一生在精神上仰望萧穗子，他需要一个崇拜者，由此确立自己的价值。萧穗子爱写作，而女作家是最难嫁的，那一双扫描人性的眼睛，每每让男人坐立不安。

《芳华》散场，片尾字幕仍在滚动，观众已经走光。独自站着，一直看到银幕无声无息。我想起自己在文工团的日子，想起团里的年轻演员麻鲁。她是景颇族，主演过电影《景颇姑娘》。每次演出结束，大家急着离场去吃夜餐，她一个人默默地和勤杂工收拾舞台。这不是她的分内活，却次次坚持。刘峰让我想起她，她却不是刘峰，她身上有来自大山的自然之气。文工团的生活是丰富的，从演员到乐队，每排练一个新剧，都好像重生了一遍。文工团的生活又是浮离的，表演与人生真假莫辨，每一个人仿佛可有可无，漂流不定。当年离开文工团的时候，与一个年龄最小的女舞蹈演员在楼梯口相遇，她问：

"真的走了？"

"走了，想去读高中，以后考大学。"

她默默无语，点点头，转身上楼去，脸上没有一丝笑容。◼

世界为什么离我那么远？

梧桐树漏下的灯光里飘着小雨，不打伞，晚风好清凉。有些担心电影《敦刻尔克》会不会像《珍珠港》，炮火漫天中开了一朵英雄美人花，战争仿佛是为了催生最凄美的爱情。这庸俗的套路不知害了多少电影人，导演诺兰的特立独行，能否顶住电影工业的圈粉本能？

钢锯般颤动的音乐穿过每一个镜头，随时都可能戛然而止，如同敦刻尔克每一个官兵的命运。诺兰淋漓尽致地发挥了自己剪辑大师的才华，视觉在陆地、海上、空中穿梭变换，释放了电影语言的自叙事能量，把一部没故事的影片拍得浓烈而空灵。什么是电影？什么是"形式即内容"？这部片子是强大的阐释。

然而真正让人内心震动的并不是诺兰的电影美学，而是影片的性政治。40万溃退的英法将士聚集在敦刻尔克海滩，其中没有一个女性，这和真实的历史当然不一样，电影已经把她们过滤了。诺兰要拍的是一部"绝望的男人们依靠谁"，瞬间发动了全部的力量：国家机器、陆海空三军、镇定的将军、勇猛的飞行员、无畏的老船长、浩浩荡荡的民船……每一个都是男人建立的，惊慌失措的撤退男兵都不会失去"组织"，他们既然被编入了军队的序列，就有了明确的位置，男人编织的大救援的网络，会不顾一切把他们捞出来。

这就打开了另一面的问题：绝望的女人依靠谁？从本质上说，女性没有自己的独立组织，都是通过家庭纳入到社会体系。现代社会里，独立的女性越来越多，但环望世界，孤独感油然而生。福楼拜《包法利夫人》中，艾玛的痛苦是女性的共感："一个男人，至少是自由自在的；他可以体验各种激情，周游整个世界，冲破艰难险阻，去尝一口远在天涯海角的幸福之果。而一个女人却处处受到束缚。她既委顿又驯顺，她身不由己，体力既弱，法律上又处于从属地位。她的意志就像她的女帽上用细绳系住的面纱，随风颤悠晃动，时时有某种欲望在掀动它，又时时有某种礼俗在牵住它。"这种感觉，在电影《包法利夫人》中归结为一句话："世界为什么离我那么远？"

生活中我也认识一些自由而丰富的女性，她们绝不从属于男性的身影，以自己的创造性和专业性拥抱广大的世界，令人钦佩。但不得不说，这样的人还是太少了，不足以构成拯救女性精神"敦刻尔克"时刻的强大社会系统。村上春树《挪威的森林》将近收尾，渡边回忆自尽的初美：

> 天地间的一切全都红彤彤一片。我的手、碟子、桌子，凡是目力所及的东西，无不被染成了红色，而且红得非常鲜艳，俨如被特殊的果汁从上方直淋下来。就在这种气势夺人的暮色当中，我猛然想起了初美，并且这时才领悟她给我带来的心灵震颤究竟是什么东西——它类似一种少年时代的憧憬，一种从来不曾实现而且永远不可能实现的憧憬。这种勃勃燃烧般的天真烂漫的憧憬，我在很早以前就已遗忘在什么地方了，甚至在很长时间里我连它曾在我心中存在过都未曾记起。

为什么"从来不曾实现而且永远不可能实现"？这不是宇宙定律，而是女性一旦想活得和别人不一样，天空就立刻变色，每时每分都处于敦刻尔克，后面追兵如云，前面不见来船。■

84

不能改变世界的时候，
我们能不能改变自己？

我重视一部美国影片《血战钢锯岭》，首先是因为影片的背景是冲绳岛战役。打了96天，美军45万人对日军19万。美军登岛的第十集团军18万人中阵亡1万多人，负伤近4万人，精神崩溃2万多人，集团军司令巴克纳中将也死于日军的炮火。日军守岛的32集团军阵亡6万多人，负伤近2万人，2万人被烧死或困死在山洞里，集团军司令牛岛满剖腹自杀，另有岛上居民死亡14万。战争之残酷，直接导致美国放弃进攻日本本岛的计划，断然决定在广岛和长崎投放原子弹，最终迫使日本投降。什么叫战争？冲绳岛战役是最残酷的诠释。

如何再现70多年前的这场大战，是一个难题。这是一次从热血沸腾打到僵冷麻木的地狱之旅，没有任何喜剧因素。战场是男性价值的最高体现，和平时期，男性的力量都是打折的，战斗的气概难以释放，勇者湮没在霓虹灯下。所以战争片的传统，焦点都是男人的爆发，是男性军团之间的对决，如《巴顿将军》《兵临城下》。《血战钢锯岭》反其道而行之，把一个不拿枪、不杀人的医务兵戴斯蒙德置于战场的中心，讲述他如何以一己之力，从血肉横飞的拼杀中救出75名伤兵。这样的反套路十分新鲜，但给叙事带来的麻烦相当多，最大的问题是，戴斯蒙德是如何形成自己"反体制"的信念的，"体制"又是如何接纳他这种异类的？在这两个关键点上，《血战钢锯岭》其实很苍白，精神分析式的"童年创伤"、父亲对他孤注一掷的援手、军队首长对他的网开一面……最难的坎儿，总有绝处逢生的转机，电影前半部就是在这样的半磨半难中推进到了钢锯岭下。

我十分理解导演梅尔·吉布森的这般处理，当代观众已经不再欢迎有精神深度的英雄了。生存太焦虑，大家不能承受理想人物的巨大压力，都喜欢看与自己一般高，甚至比自己低一点儿的角色。只有如此，观众才不累，才有世界在握、万事皆有可能的存在感。吉布森顺着大家的期望走，把戴斯蒙德拍成了半个阿甘，几乎抛弃了他21年前在惊世大作《勇敢的心》中表现出来的英雄崇拜。当然他也没有忘记，观众更喜欢看到小人物创造惊天大逆转的伟绩，这会给观众带来异样的自我肯定。于是后半部的钢锯岭上，戴斯蒙德变成超越所有人的拯救者，在死尸堆里不断拉出活人，徐徐送下山崖。这是影片的高潮，血腥场面的逼真性得到影评家和观众的如雷掌声。但一部好电影一定要经得起两次观看：第一次是斯坦尼斯拉夫斯基式的直接性感情投入，第二次是布莱希特式的间离性理智反思。光靠场面的逼真绝对不能成为经典，因为这经不起反复看，只要观众在理性上意识到那不过是道具和数码特效，效果就失去一大半。成熟的观众最难忘的还是感动，而不是震动。所以，看到最后，恍然觉得，归根结底这是一部穿着战争片马甲的剧情片，渲染的功力远远大于内容。

片子里的爱情很有意思，没有大波澜，却别有情趣。戴斯蒙德看上去不善言辞，撩妹方面却是个天才。他除了具有美国人的直截了当，把握时机的能力也相当强，该吻就吻，该抱就抱，知道女人就喜欢这种恰如其分的野劲。但是轻盈的喜剧旋律中还是摆脱不了娱乐片的路径，与严肃的战争片有明显的精神分野。2001年的电影《珍珠港》中有这样一场戏：飞行员雷夫要上前线了，他与恋人伊芙琳在夜色中道别。伊芙琳眼中是无限的爱，渴望两人离别前第一次温暖共眠。雷夫却硬下心来，挥手一步步走开，他担心自己战死疆场，给伊芙琳留下一生的痛苦。导演迈克尔·贝用这样的深情，表达对英雄的理解。而《血战钢锯岭》完全是反过来的，戴斯蒙德出战前，欣然与恋人多萝西结婚，色调融融，小幸福满满。16年过去了，两部美国电影的不同处理，似乎都顺应了时代的心理需求，然而从爱情的本质意义上看，《血战钢锯岭》的爱情不免有些表面化。

尽管有些失望，却还是一部不错的影片，因为它送给大家一个问题：在一个充满毁灭的世界上，人如何拥有一点儿自己的坚持？戴斯蒙德把恋人的照片放在《圣经》里，日夜相伴。这正是当代人很难具备的精神状态：像对待爱情一样坚守信仰，像坚守信仰一样对待爱情。扩大一点儿说，当我们不能改变世界的时候，我们能不能不改变自己？这个问题很古老，类似于"生存还是死亡"，远不是一部电影所能回答的。但一部电影能让人想起这些，也是不小的成就——尤其是当下。■

85

面对《摔跤吧，爸爸》，
我们为什么而笑？

　　《摔跤吧，爸爸》，整个影片节奏明快，镜头活跃，音乐鲜明，情节曲折，悬念保持到最后一刻……但看到最后，我们才明白最重要的角色不是"爸爸"，而是"女儿"。男性观众看这部电影特别开心，因为男人很喜欢看女人干属于"爷们儿"的事。干得不好，笑点迭出，男人们就像面对女司机，越发增长了优越感；干得好，那都是泪点，更说明女人们只要"励志"，也能奋力达到男人的水平。这让人想起《大爱道比丘尼经》对女性"四十八态"的蔑视："身为女众的我，痛恨自己的儿女情长，女人知见。"

　　性别政治是个复杂而敏感的话题，不宜多言，还是转移到另一个更普遍的问题：父母一代，把自己未实现的愿望转移到下一代，是一件光荣的事吗？在《摔跤吧，爸爸》中，这是毫无疑问的。但在更广阔的人类生活中，并非人人都这样想。我在日本工作时，很喜欢看相扑比赛的直播。2002年，相扑选手中的横纲只剩下贵乃花一个日本人，勉力支撑着日本相扑界的荣誉。每次比赛，都能看到他的父亲贵之花坐在指导席上，面色严峻。贵之花曾经是日本最著名的相扑手，仅用了7年时间便从最低级的序之口升到了第二级大关。然而他的通途到此为止，尽管在大关的位置上他获得50次胜利，打破了历史记录，但他始终没有升到横纲的大神级别。没想到的是，他的两个儿子，若乃花与贵乃花，都发奋要进入相扑赛场，实现父亲没有如愿的理想。按理说，贵之花应该欣喜若狂，像《摔跤吧，爸爸》一样投入战斗。实际情况却完全相反：他坚决反对两个儿子学习相扑，如果坚持要学，那就只能断绝父子关系，转为师徒。两个儿子不改初衷，真的以徒弟的身份，进入父亲的训练场。正因为不再是父子，贵之花的调教也格外严厉，成果前无古人：1994年，小儿子贵乃花晋升日本第65代横纲。1998年，大儿子若乃花晋升日本第66代横纲。

为什么取得如此成就的贵之花总是那样严肃？也许他明白，教头和父亲是完全不同的两个角色，竞技场和家庭也是截然不同的生存空间。既然要成为最好的相扑手，只能抛却亲情，残酷训练，这冰凉的逻辑，必然有伤情的后果。儿子敌视，妻子离婚，两个儿子之间也终于反目，辉煌的横纲荣耀之下是妻离子散。这难道是他向往的生活吗？

不能说《摔跤吧，爸爸》拍得不好，只能说它拍出了印度的传奇，拍出了第三世界的心情。影片中的女儿战胜了面目凶狠的澳大利亚选手，夺得了冠军，那排山倒海的欢呼，尽情倾泻着"翻身"的狂喜。后发国家总是盛行宏大叙事，夺金牌、升国旗的荣耀压倒一切，个人情感、家庭牺牲不值一提。本片中最让人难过的段落是爸爸为了"惩罚"两个"不刻苦"的女儿，断然剪下她们的头发，让她们抛弃女孩的美丽。在轻松的音乐中，这样的镜头让中国观众哈哈大笑，却掩盖了历史的怆然：这也是我们走过的路，"不爱红装爱武装""做一颗革命的螺丝钉""山区人民要想富，少生孩子多种树"……这些流行过的话语，都在理所当然地剥夺着个人的审美和家庭的感情，为国家再造聚集能量。这种文化有它的历史缘由，但在今天已经失去了根基，因为它忽略了个体生命的丰富和尊严。现代文明绝不是一种零和游戏，它既要国家的繁荣伟大，也要个体的幸福温馨，缺一不可。面对《摔跤吧，爸爸》，如果我们的笑是一种善意的嘲讽，那是我们的文明进步；如果我们的笑是一种娱乐的满足，那是我们的精神麻木。 ■

86

远山的呼唤

　　一部好电影，首先需要好演员的最好状态。《远山的呼唤》1980年上映，女主角倍赏千惠子39岁，男主角高仓健49岁，正是男女最成熟的年龄。倍赏千惠子扮演的民子经营着北海道的一个奶牛场，丈夫去世，独自辛勤养育着年幼的儿子。高仓健饰演的田岛耕作是个逃犯，他一怒之下杀掉了害死自己妻子的高利贷主，跑到北海道四处躲藏。一个暴风雨之夜，田岛耕作无处栖身，借宿在民子的草屋，由此打开了两个人之间的情感之旅。

　　电影中的男女主人公，设定为30岁出头，在社会生活中，这是个差异化最大的年龄，各有各的活法。如果这一对男女都减掉10岁，这故事会简单得多，情歌啊，鲜花啊，追逐啊，打滚啊，初吻啊……但电影中什么都没有，因为岁月的淘洗，他们已经承受了过多的痛苦，太早地失去了幸福，不再感动于这些装饰。两个没希望的人遇到一起才有希望，一切从零开始，不必计算得失。田岛耕作需要一个藏身的工作，而民子需要一个帮工，这样的"刚需"恰好构成了一种潜在的相依为命，劳动的细节融解着彼此的陌生：为奶牛接生、春风里的耕种、收割秋天的牧草、打理失修的院落……观众看得到爱情在播种，镜头却不动声色，两个人仿佛永远不会说出来。

哪里需要说出来呢？开在心里的花最美丽。说出来的爱情是一种约定，它让四季变成浪漫的必需，情人节的玫瑰、生日的红心蛋糕、周末的影院、每天临睡的"想你"……到底是爱情带动着程序还是程序拉扯着爱情，常常混淆不清。《远山的呼唤》是简单的唯一，只需要每天能看见，一眼就够了，一个太阳照两边。这不是克制，更不是忍，而是深。真实的爱情不依赖形式的证明，种子落下了，就会生根发芽，冬去春来地耕种，丰收自在其中。

任何文艺作品，最见功力的是结尾。《远山的呼唤》的高潮出现在最后：田岛耕作终于被警方发现，被逮捕并被判刑4年。警察押送他去监狱的最后一站，民子突然上了火车。和她一起上车的还有一个老乡亲呡田，两个人坐在田岛耕作的对面，大声对话：

"太太，很久没见你了。又看到你真让人高兴。听说你不养牛，去标津市工作了？"

民子不语，转头看着田岛耕作。

"听说你和儿子在等丈夫回来，是吗？"

民子点点头。

"很了不起。生活方面没有问题吧？"

"氓田先生会真心帮我。"

"那个蠢材，他真能帮上忙，事情怎么会变成这样？"

"是。"

"你没事，那就太好了！"

说罢，氓田忍不住捂着脸哭起来。田岛耕作深深看着民子，第一次流下热泪。

这真是感人至深的场面，民子竟是这样地告白！整个影片的内敛忽然反转，释放出全部的情感能量。导演山田洋次与高仓健同年，49岁的他也在释放，把他对爱情的理解倾注到这最后的镜头段落，虽然很短，却是全部的人生。∎

人不能同时承担两种生活

英国小说中，我最难忘的就是《呼啸山庄》。它比《简·爱》狂野，比《达洛维夫人》痛切，比《傲慢与偏见》深阔，比《德伯家的苔丝》复杂。

看过一个话剧的改编版，出乎意料，从头到尾只有一个布景：右边一个简陋房间，代表呼啸山庄，左边一个书房，表示画眉山庄。女导演丽贝卡·格斯比对整个戏剧的阐释是：被深深压抑的情感成为剧中人物的凄美宿命。说得真好啊，一下子点到了致命之处。她看到了《呼啸山庄》中无所不在的情感分裂："艾米莉·勃朗特的小说充溢着各种动作、咒骂、撕扯、殴打以及粗暴的语言和各种负面情绪，但在将其呈现在舞台上之时，爱在哪里？毋庸置疑，凯瑟琳和希斯克利夫，辛德雷和弗朗西斯之间有爱情，伊莎贝拉也坚信自己爱着希斯克利夫。尽管角色的语言和行动对此均无体现，但爱就在那里。……我和演员们要做的，是呈现出藏匿于字里行间的如情感过山车般的爱情故事。"

这个观察极有宽度，一般的评论只注意希斯克利夫和凯瑟琳的悲剧，却忽略了《呼啸山庄》对人类情感内在分裂性的整体敏感。无法把心灵最深处的爱正常地抒发出来，这是多么普遍的症状！不仅因为来自外部世界的重重烦扰，更源于人心内部的种种混乱。在小说中，凯瑟琳正是这种混乱的极致。她从小与希斯克利夫一起游耍，生命密不可分，但她还是挡不住社会的习见和视觉的导引，决定要和看上去"长得英俊""满面春风""将来会有很多钱"的埃德加结婚。假如她能一俗到底也算是一种不错的选择，然而她不能，她做了决定之后却一手拍着额头、一手拍着胸口，伤痛地说："在我的灵魂、在我的心坎里，我清楚地知道我是做错了。"她知道心里爱的是"同一个料子"希斯克利夫。这是一个多么"作"的凯瑟琳啊！像世界上所有的"作姑娘"一样，最后被"作"的都是自己，一次知道错了也要走到底的选择，最终导致凯瑟琳在无尽哀伤中死去。在生命的最后一刻，她终于看到了自己最深的爱："希斯克利夫，我只愿我们俩永不分离。若是我有什么话使你往后感到痛心，要知道我在地下也感到同样的痛苦呢！那你就为了我的缘故，原谅我吧！"

阅读《呼啸山庄》是一个历经磨难的过程，透过凯瑟琳和希斯克利夫，可以看到弥漫当代社会的自我对立。几年前读《呼啸山庄》，写下过一段话，重新看看，仍然感慨：

凯瑟琳的悲剧在于，她不知道自己是个异类。很多人由婚姻决定了自己的道路，从此半推半就地在社会的规定动作中延续了一生。而她从小就是个"任性的姑娘"，"是个又野又坏的小东西；可是她又有一双最动人的媚眼，有最甜蜜的笑容和最轻灵的脚步，在全教区再也找不出第二个能和她比的"。她的父亲临终前的最后一句话是："卡茜，你为什么不能永远做一个好姑娘啊？"这简直是一针见血的箴言，道出了凯瑟琳的全部。这样的女孩，面对庞大而坚硬的社会，有时会顺从地走上"正确"的道路，但在内心，永远有呼啸的风。这无休无止的风，会一天天销蚀那"青翠、肥沃的山谷"，最终将肉身抛向天国，空留下孤魂在凄风苦雨中飘荡。

人性很单薄，不可能装下两种生活，人生也很短，装不下一次错。艾米莉·勃朗特写完《呼啸山庄》后深深感叹:"我们人类是多么容易转变的风信鸡呀!"在她的眼里,世上的人是不是都有凯瑟琳的影子呢? 1847年《呼啸山庄》出版,1848年艾米莉·勃朗特去世。只活了30年的她,留给我们一个永远不散的自问。这疑问如此之大,足够我们体会一生。 ■

女人为什么快跑？

"女人最大的心愿，是被人爱。"这是电影《尼罗河上的惨案》里大侦探波罗说的最后一句话。

被人全心全意地爱，又全心全意地爱别人，当然是世界上最美的生活。但这样的纯美，很少能实现。现代社会，人只有自身丰富了，才能丰富别人，自我珍爱了，才能深爱别人，独立而自由，是一切爱的基础。

汤姆·提克威导演了《罗拉快跑》，这部1998年的德语片最大的亮色是，看到了女性生存可叹的忘我，忘我中遗落的生命价值。罗拉是个社会学意义上的"坏女孩"，她的男朋友罗曼尼是黑社会的小马仔，贩毒、抢劫之类的事儿是家常便饭。罗拉不但知道罗曼尼的勾当，而且是他的同伙。这个基本状况让常人发怵，对电影导演来说却是叙事的魔法盒：好人的活法总是那么单一，而无法无天的坏人绝对各个不同，充满变幻的可能。电影的逻辑就是从这里开始的：罗拉从电话里知道，罗曼尼丢失了交接毒品收到的10万马克，命在旦夕，只有20分钟的挽救时间。她立刻让男友等在某某电话亭旁，等她弄来这笔巨款。

这是个救命的故事：男人掉进了坑里，女人要救他。这个模式完全是现代的，颠覆了传统中那些英雄救美的老旧传奇。于是，这乾坤颠倒的局面就引来了一个新问题：女人救苦救难的招数和男人有什么不同呢？这是一个前所未有的悬念，是女权时代男性的普遍期待。

出演罗拉的是德国女星弗兰卡·波坦特，当时她24岁。她一头红发，飘飘扬扬像一团火。只见罗拉几秒钟内加力到冲刺速度，毫无瞻顾地奔跑在大街上。由此奠定了整个影片的基调：跑！女人的奔跑。男人有《阿甘正传》，那是个历史片，阿甘从学校跑到越南战场，跑到林肯纪念堂，跑过整个美国当代社会史。罗拉的奔跑很简单，为了心爱的男人，跑过大街，跑到银行，去向当银行老板的老爸要钱。结果没要到 —— 老爸根本不理解她的生活选择，连哄带骗将她拒之门外。罗拉接着跑，跑到罗曼尼等她的地方，眼睁睁地看着他去超市抢钱，然后两个人一起跑，然后罗拉……被警察打死了。

这个结果令人毛骨悚然：女人为了救一个比亲人还亲的男人，向另一个男人（亲人老爸）要钱，结果挨了另一个男人（警察）的枪子儿——男人对女人意味着什么，真是清清楚楚！看来男人的游戏女人绝不能掺和，无论爱也好恨也好，都没有什么必要。看来奔跑要换一个方向。

于是《罗拉快跑》顿悟般地从头开始：罗拉又开始奔跑。这次的目标还是银行，不过罗拉和男人的关系有了质变：从请求者变成了命令者。她夺过银行警卫的手枪，指向父亲的脑袋，顺当地拿到10万马克。事实证明，女人拿起武器才是生活的主人，罗拉总算搞清了男人不相信眼泪的道理。她提着钱又直奔罗曼尼等她的电话亭，不过这一次又是意外的结局：她跑得太猛，一辆救护车为了避让，一拐弯撞死了罗曼尼。这个结果更加骇人，罗拉挥舞着枪凌驾于男人之上，得到了钱却失去了情人。这不是当今世界所有女强人的共同命运吗？女人一旦武装起来，必然能得到权力，却也失去了女人的身份，一头撞飞了爱情。这条路也有点儿惨。

于是重新开始。罗拉在父亲那里得不到钱，忽然看到了赌场。赌场是个无常的世界，让它来判决罗曼尼的命运吧！罗拉用仅有的不到100马克下注，让神秘的偶然决定那个震撼人心的问题：生存，还是死亡？罗拉的运气是如此之好，几分钟内就赢了1000倍，爱情感动了上帝？眼看电影就要推出这个无比浪漫的高潮，导演提克威出人意料地来了个急刹车：罗曼尼在那边突然看见了拿走他10万马克的流浪汉，一路奔跑把钱夺了回来。罗拉赢的钱顿时失去了救命的功能，变得毫无价值，只不过是男友绝处逢生故事里的一份佐料。这样的情节打开了一个重要的疑问：女性值不值得用自己的全部为男性下注？女性应不应该有自己的轮盘赌？也许现代社会男女各有自己的命，为男人狂奔的女性，不免会坠入价值虚空。

我很喜欢《罗拉快跑》的这个结局，它隐喻了一个新的生存结构：男女都是世界的中心，就像生命科学中的DNA双螺旋结构一样，各自独立，又相互依存。在这个双中心的世界里，男女都面对自己无限的偶然，各有不同的开门咒语。首先要打开自己的命运，然后才有交互的共存。倘若一切都是为了对方，结局大半会出乎意料地空幻。

提克威的罗拉似乎并不拥有如此清澈的意识，她一开始就为了所爱的男人拼命奔跑，哪怕在结尾，她也没有察觉到自己给自己的限定。然而提克威看到了女性奔向自由的可能，以罗拉71分钟的奔跑镜头质疑女性飞奔的方向。这很不容易，因为让一个男导演制止女性为男人奔跑，需要历史性的勇气。■

简·奥斯汀的再见

影片《成为简·奥斯汀》的末段，简和汤姆·勒弗罗伊私奔，在途中，简得知汤姆将失去自己的继承权，还要负担很多家人的生活。简绝望了，她和汤姆有了一番悲切的深谈：

简：你在利默尼里克有多少兄弟姐妹？

汤姆：不少，怎么了？

简：他们都叫什么名字？他们都靠谁养活？

汤姆：……

简：一旦你的名声被毁，你的不检点会让他们蒙羞。

汤姆：我自己可以挣钱。

简：不够的。

汤姆：我会出人头地。

简：有个当最高法院法官的敌人？还有个赤贫的妻子？谁知道有多少人靠你养活。我亲爱的，亲爱的朋友，你会沉沦，同时会连累所有人。

汤姆：我会……不！不，简，我永远不会放弃你。

简：汤姆……

汤姆：什么都别说，什么都别想，只要你爱我，你爱我吗？

简：是的。但如果我们的爱能毁掉你的家人，它也会毁掉自身！

汤姆：不！

简：会！它会在内疚、悔恨和自责中慢慢消亡。

汤姆：胡说！

简：是真相，从矛盾中显示出来的真相。我们要微笑着接受它，否则我只能认为我们从来没有相爱过。

汤姆：请别这样……

简：再见。

真是一段惊心动魄、水落石出的对话，男女的分野，像打开的山谷，裸露出截然不同的地心。与简·奥斯汀几乎同时代的叔本华在《论女人》中说："她们所注意的只是她们眼前的事情，留恋的也是这些，并把表面现象当作事物的本质看待，津津乐道于一些微小事而对重大事情却不管不问。只是因为有男子的推断力才使得他们不像动物那样只顾及眼前，他们会观察周围的世界，考虑它的过去和将来，这些便是男人深谋远虑的根源。"看看简和汤姆的这段对话，就知道叔本华的肤浅，简的心思是多么深远。

简·奥斯汀是个细润的写作者，《傲慢与偏见》的初稿写于21岁。为什么不能毅然做一个"在路上"的女作家，与相爱的人一道，在一无所有中创造别样的生活？男性永远不能问这样的问题，更不能像汤姆·勒弗罗伊那样毫无准备。漂泊的女作家世世代代都有，那只能是她们自己的选择，赫塔·米勒、林芙美子、大卫·妮尔、萧红……

我曾经得到过一本冰心的散文集《拾穗小札》，1962年出版，里面有一篇写她到苏联访问，看到当年列宁藏身山林，在一个树桩上写出了《国家与革命》。冰心十分惭愧，说自己写作时一定要窗明几净，在温馨的书房里才安心。大概世界上的作家无论男女，都可以分为两种：属于书房的和属于路上的。到底能走哪条路确实要想清楚，不然坐在书桌前想走在路上，走在路上想书房，一辈子彷徨。简·奥斯汀很明白，所以告别得很果断，虽爱但不流连。

我经常将简·奥斯汀与林芙美子对读，简写的都是方圆两里地的情感波澜，起伏摇动中有精致的平衡。林芙美子漂流无涯，《放浪记》中的夕阳，每天都落在不同的地方。悄然想：若是勒弗罗伊遇上的是林芙美子，他们将如何？会不会相视一笑，执手原野，写出前所未有的开拓记？路上也许会生个娃，把他（她）养大，牵着孩子的手继续前行，一切如阿赫马托娃的诗歌《我们不会道别》：

> 我们俩不会道别，
>
> 肩并肩走个没完。
>
> 已经到了黄昏时分，
>
> 你沉思，我默默不言。
>
> 我们俩走进教堂，看见
>
> 祈祷、洗礼、婚娶，
>
> ……

冰如火焰的《印度支那》

　　看电影只看一遍很难说喜不喜欢，像1973年获奖的《中产阶级的审慎魅力》，第一遍看是个荒诞轻喜剧，第二遍感觉到平庸生存的荒凉，第三遍才有心底的震动，犹如看莎士比亚的《麦克白》，让人体会"人生就是一篇荒唐的故事，由愚人讲述，充满着喧哗与骚动，却没有任何意义"。

　　意义是生活中最难寻找的东西，尤其是在当下精英不像精英，大众不像大众的时节，价值判断变成了万花筒，每天都不一样。然而人类终究是个需要阐释的存在，寻求个体生命的根据与逻辑是每个人不可逃避的潜意识，也是电影持续不断的追问点。1993年获奥斯卡最佳外语片奖的《印度支那》，面对的正是这样一个有关生命选择的主题。

　　影片的背景是20世纪30年代，那是个血染的红色时代，革命与青春在全世界燃烧。越南小女生卡米尔在枪林弹雨中遇上了法国海军才俊巴普蒂斯特，一见倾心，随后是一连串没想到的事：逃婚、私奔、被追捕、开枪打死法国军官、游击队、生子、宣传革命、被抓入集中营……桃花源一般的开始，粉碎在乱世的流离中。最后，她被释放出来，面对养母、法国贵妇艾丽娅娜，再也唤不回昔日的依恋：

> 卡米尔："我不回去……我没有过去，一切都忘了。再想你和巴普蒂斯特会让我心碎。……你的印度支那不在了，死了。"

5年的苦难囚禁，让卡米尔变成一个岩石般的共产党人，她不再是那个沉浸在小甜蜜、小浪漫、小幸福中的女子，而是一个为越南民族解放而奋斗的女战士。在左翼电影的传统中，这样的结局义薄云天，英雄的伟力隆隆震响。但《印度支那》并不如此简单，它沉下去一个小天使，浮出来一个女武士，两极化的命运显示出时代的宿命。让人碎裂的年月，不能给人一个完整的人性，所有的变化，都无法预料，无法复盘，只能咬紧牙关向前走。这是好人被熔炼，被铸造成刀剑的时代，生活都不正常了，人看得见的目标只是自己的对立面，普世性价值荡然无存。什么是悲剧？《印度支那》是最深的诠释。

这部影片任情的渲染太多，特别是卡米尔与巴普蒂斯特逃亡海上时，那极致的爱恋场面缺乏电影美学的克制。也许深受契诃夫与海明威的影响，我非常希望看到的是洗练与简洁。但尽管有心理距离，还是非常感谢这部影片，它让人知道，绝不能轻易地判断他人，每个人的形成都有自己的来龙去脉，都是社会宏大叙事中的碎片，谁也无法规划自己，更无权安排别人。艾丽娅娜想给出狱的卡米尔最好的生活，土地、豪宅、母女团聚……但卡米尔已经是另外一个人了，她视那些轻如鸿毛。影片的末尾，卡米尔作为越南共产党高级谈判团的成员来到日内瓦，艾丽娅娜专程带着卡米尔的儿子艾蒂安纳去代表团驻地看望母亲。艾蒂安纳没过多久便走出来：

艾丽娅娜：你见着她了？

艾蒂安纳：大堂有很多人，警察、服务生和警卫。突然我觉得这情景太荒谬了，我幻想着冲到一个越南人面前，喊她"妈妈"。我希望有个女人冲到我面前，口里喊着"艾蒂安纳，孩子！"等了很久，什么也没有发生，所以我就出来了。

近在咫尺又远在天边，代与代之间一片破碎。革命成功了，生命冷却了，历史中的人们，生如冰凉的火焰，逝若远方的轻风。■

横渡湄公河的浮草

有些电影，伴你终生，如《情人》。

"十五岁半，这正是人生过渡的年华。每当我旅行回到西贡的时候，尤其是当我乘车旅行的时候，我总要在这里乘船过渡。那天早上，我在沙沥搭车。"小说中的"我"孑然一身来到湄公河边，世界好苍然："戴着毡帽的小姑娘被河里的反光照映着，孤零零地凭倚在轮渡船舷上。这顶男式毡帽把整个场面都染成了玫瑰色。这是唯一的色彩。在河上那带雾的炎热的阳光下，两岸模糊不清，河流似乎和天际相连。河水静静地流着，没有发出任何声音，宛如血液流动一样。水流的外面没有风。"

这是十分普通的一天，过河的女孩都会面对。安然无事地过好每一天、每一年，这是世间的千千万万。然而这一天又注定不平凡，撩起生活表面的那个人蓦然出现了："那位英俊的男人从那辆'里摩辛'大轿车里走出来，他正抽着一支英国香烟。瞧见这位头戴男式毡帽、脚穿金丝皮鞋的姑娘，他慢慢地朝她走过来。可以看得出，他有点胆怯。起初，他连笑容都不敢露出来。"

一瞬间的对视，后来，"她坐进那辆黑色轿车"，路上，他握住了她的手。

这是1930年的一次相遇，渗透了玛格丽特·杜拉斯的一生。爱情有不同的刻度，有的藏在心里，如星星美丽遥远；有的熊熊点燃，然后化为灰烬；有的花开一半，坠落中还带着鲜艳；有的关上又打开，打开又关上，永远读不完。杜拉斯的《情人》是冬月里的荷花，盛夏中的蜡梅，是所有不该相遇的相遇，是所有不该放弃的放弃。一切就这么发生了，生命岂能定义？

电影导演让－雅克·阿诺要把《情人》拍成电影，这难度多大啊，特别是选演员，两个反季节生长的边缘人，在地球上少而又少，何处可寻？

杜拉斯向他推荐法国女星伊丽莎白·阿佳妮，阿诺看到她"拥有一个像卡车司机一样的肥硕臀部"和见不到真实面容的"几层妆颜"，顿时掉头而去。他不得不雇用了十几个专门找演员的副导演，在全球范围搜寻。想来演女主角的人如此之多，"只是在巴黎我们每天都收到超过1000封回信"。但这些漂亮女孩又太让人失望，"所有的模特看上去都一样，一种含糊不清的特质。模特们是用来卖衣服的架子，她们不是靠灵魂挣钱的"。直到那一天傍晚，阿诺突然在一本杂志上看到了她，英国乡下姑娘珍·玛奇，"一个年轻的女孩坐在酒吧，用一双失落的眼睛看着对面的摄影师。确实，她是与众不同的，展现了一种独特鲜明的性格"。待到她真的来到他的面前，阿诺豁然看到了天造地设："我不能够相信在休息室等待我的是一个颗'精美罕见的珍珠'，用法语表达就是'la perle rare'。她坐在那有种孩子气的不自在，被一件廉价的衣服包裹着。她的眼睛，瞳孔之外格外亮白，同时充满了力量和恐惧，大胆和不安全感。她的皮肤像瓷器一般精致透明，她的嘴唇是为'爱'而设计的。"

还需要什么呢？一位好导演，找到了自己唯一的女主角，这是何其幸运，犹如《乱世佳人》的导演维克多·弗莱明遇上了费雯丽，这种事儿不多啊！更为幸运的是，阿诺又找到了最配对的男演员梁家辉，这也是奇幻中的奇幻：阿诺要找的是一个"高、瘦、有教养、优雅，同时拥有完美的皮肤和一个高高长长鼻子的帅男"。亚洲男演员中，符合这些条件的几乎没有，但偏偏在"没有"中还有梁家辉。阿诺眼中的他是那么完美，"一个精致的天才，一种发自内心的优雅，一个专业的典范"。

阿诺漫长的寻找，长达一年多。电影《情人》的耐看，正在于男女主角内在气质的发散。没有这根本的存在，一万分的演技也达不到经典的高度。联想起国内的电影业，纷纷以天价聘用那些当红大腕儿，电影像一张廉价的画皮，包裹在影片的明星效应上，那么重复，那么浮面，珍·玛奇这样的新人，永远不会出现。

电影《情人》最让人值得凝望的，是他和她第一次渡过湄公河，河面波浪起伏，一片片浮草默默地漂流。在茫茫人世间，谁不是浮草呢？但浮草只能顺流而下吗？一个贫穷的法国小女孩，一个被大家族围困的华裔男人，都生活在自己生命的边缘，突然在一条大河边，改变了方向。浮草和浮草，拉起手来也能横渡波涛，到达新的彼岸。虽然结局早已确定，她第一次登上他的车，"车门一关，一种刚刚能感觉出来的忧伤油然而生"。但人生最可悲的不是忧伤，而是没有忧伤，《情人》带来的感动，点点滴滴都在这份活过的感觉。 ■

让心里的放在心里，
让现实的回到现实

看电影《长城》之前，我一直在想，这片名好大胆，有什么样的底气，敢这样自信呢？长城，横贯一万里，上下两千年，无数英雄慷慨登场，演绎出冷兵器时代的豪迈与苍凉。2005年，历史正剧《汉武大帝》长达58集，其中的主线，正是长城两边西汉王朝与匈奴的生死拼搏。这部电视连续剧红火一时，后来却渐渐冷下去。这毫不奇怪，《汉武大帝》中的长城，是文明对抗、民族对决的交锋线，它所呈现的凌云壮志，虽然灼热亦然，但观众已经进入了另一个时代。在全球化的新世界中，万众需要的是新的价值落点：如何在不同国家、不同种族、不同文化的文明冲突中，穿过种种无形的长城，找到联结的空间？

张艺谋《长城》的出现本身就有了一些当代的意义。

影片第一次大规模地引入了西方的电影生产力，看演职员表，一大堆西洋人的名字：制片人托马斯·图尔、查尔斯·罗文，编剧托尼·吉尔罗伊，主演马特·达蒙、佩德罗·帕斯卡、威廉·达福。特效制作团队是声名赫赫的新西兰维塔工作室，这也是打造了《阿凡达》《星球大战》和《变形金刚》系列的全球顶级团队。整个电影制作集合了37个国家的专业人才，光是维塔工作室打造道具的团队就多达330人。媒介即信息，制作即内容，这壮观的多国电影队伍，说着不同的语言，互相克服重重障碍，共同寻找翻越长城之路，这番大联合的景象，在中国电影史上是空前的。

但是，制作队伍的国际化并不能保证电影的成功，因为这部片子要跨越的是当今世界最大的难关：人类社会的相融相生。影片的长城只是一个虚拟的意象，真正存在的是地球生命的层层隔绝：饕餮与人类，探寻黑火药的外来者与拱卫皇权的本土英雄，3个西方人的对立价值观，北宋守城将士的忠诚与皇权的腐朽……所有的分裂与对抗，都来自一个关键词：贪婪。贪婪不仅仅属于饕餮，也属于影片中的每一个人。饕餮要吃人，冒险家要利润，守城的将士渴望军功与荣耀，甚至为此效忠于一个荒唐低能的国君。特别是那些泥石流一样的饕餮们，浩浩荡荡，惊心怵目，迂回映射着物化大潮中的芸芸众生。所有的生存都有目的，但每一个目的都经不起反思，这正是当代人都掉进去的坑，都是需要跨过的坎儿。一道长城，在东方与西方之间划出了共同的命运。如何找到消灭"饕餮"的新力量，为人类创造互融互通的新文明，这是《长城》自然而然引出的问题。

张艺谋显然担当不起这样的重任，他知道那是几百年之后的事。于是《长城》回避了影片的文化重心，努力营造登峰造极的视觉效果。这可是张艺谋的强项，整个影片充满奇幻片的画面，惊心动魄的攻防战一波又一波，让观众的心情在过山车的节奏中跌宕起伏。不过眼花缭乱之后，我却看出了一点儿门道：这多像一场穿着马甲的奥运会啊，标枪、铅球、高台跳水、射箭、五项全能、射击、百米赛跑、蹦床……从创意的角度看，并没有多少含金量。为了达到惊人的视觉效果，维塔工作室辛苦制作了4500多件兵器，但这些兵器在《长城》中都是泡沫，饕餮们攻城只是骗人的假象，真正的主力从长城下挖了个洞悄悄过去了。这奇门遁甲式的招数让《长城》的宏大战争场面顿时显得虚无缥缈，从艺术上看也有些头重脚轻。将如此多的电影资源投入到这样为视觉而视觉的"大制作"中，是不是电影创作中的"返祖"现象？1895年12月电影诞生那天，发明者卢米埃尔兄弟对电影的定位就是"杂耍"，看《长城》时，这感觉是多么强烈！这部影片在网络上的预告片有一个别名《饕餮围城》，走出影院时，猛然觉得这名字十分贴切，《长城》反而显得有些虚高。

并不是说《长城》是一部精神价值上完全空泛无物的大片，它还是有焕然一新的打开。影片中邵殿帅（张涵予饰）死了，王军师（刘德华饰）死了，代表男人世界的文武精英都挡不住铺天盖地的饕餮，只有景甜（林梅将军）不但活了下来，并且战而胜之。这不是个翻新的花木兰，而是与西方勇士威廉·加林携手征战的美女将军，这可是史无前例的事儿，是不是隐喻着中国"母性"文化与西方"父性"文化结合起来的伟力？影片中战胜饕餮的终极武器是那块包含着南北极磁力的大磁铁。阴阳合体是多么强大，直达万物起源，消弭一切魔障。影片照着这个路子写下去，很容易出现景甜和马特·达蒙罗曼蒂克的结局，然而并不是：两个人所有的话都没说出来，林梅目送着威廉·加林在山谷中远去。这个结局特别好，写出了爱情中的放弃美。中国传统还不大适应这种情感，总是抱着"有情人终成眷属"的喜剧观。可是在一个多元化的时代，有多少爱情一说出来就是毁灭，因为踏前一步就是文化差异的层峦叠嶂。观众当然期待看到禁军统帅林梅舍弃家国天下，与那个外国汉子绝尘而去，但编剧和导演还是克制住了，他们明白：这只是一部电影，电影不可能改变世界。爱情是最高层级的精神融合，景甜和马特·达蒙之间，还是隔着一道长城。让心里的放在心里，让现实的回到现实，这不仅是《长城》的分寸，细细体会，张艺谋电影的历史路径，也在于此。■

君笑依旧，一日又去

餐馆题材的电影有很多，《吐司》《饮食男女》《燃情主厨》《巴贝特盛宴》《美食、恋爱和祈祷》《朱莉与朱莉亚》……我印象最深的，还是日本的《深夜食堂》。

《深夜食堂》的小餐馆老板脸上有道疤痕，从眉间到脸颊，经历过什么，影片里毫无交代。饰演他的小林薰说："老板不表现自己，尽可能把自己隐藏起来，让客人尽量放松。"他每天午夜12点开始营业，早晨7点打烊，忙碌在夜深人静时。一个隐没在墨色里的中年男人，一定有难与人言的茫茫往事吧。餐馆是他与世人的对话方式，为商之道至诚至简，主打一碗猪肉味噌汤套餐，其余都是客随主便，有啥吃啥。餐馆如此之小，跨过来是窄窄的餐台，跨过去是只容一人转身的厨房，人与人分毫无距离，这一碗和那一碗的热气不分彼此，袅袅暖化了身心的僵硬。这个让人猜想又始终没有答案的老板调理着城市人五味杂陈的心情，大家的故事一个接一个，而他却从未讲述自己的过去和现在。也许最灰暗的痛苦和最明亮的幸福都应该深藏，一讲出来就变了味儿，犹如樱花落地，再也没有了原初的颜色。

《深夜食堂》拍了两部，第一部由3个故事组成，主角都是女性。"那不勒斯铁板意面"中，年轻女人川岛玉子以傍大款为生，却在这没钱的窘境里喜欢上小职员西田初。然而她获得一笔死去富翁的遗产后，又立马踢走穷恋人。这故事看上去相当老旧，但玉子的语气却相当有"价值观"。她讽刺不愿分手的西田初："多愁善感，还是太年轻啊！"别的女人质问她："能不能不靠别人的钱生活一会儿？"她岿然不动地反驳："钱又不分好坏，只不过从这个主人换到另一个主人手里。"大都市的玻璃幕墙映照着五颜六色，美丽之下是一片冰凉，这也是"人生赢家"看透的人间吧！玉子对默默不语的老板说："你一开始就知道，我和小初不合适，是吧？"老板轻轻说："有时间再来吃铁板意面吧。"似乎不是回答，却又是饱经沧桑的惋惜。玉子和西田初的爱情，不正是从一盘铁板意面开始的吗？好物不坚，彩云易散，她什么时候才明白，这一生最幸福的时刻，就在这小小的深夜食堂里？

看《深夜食堂》，我忽然很想弄明白，掀起哲学"哥白尼革命"的德国伟人康德是怎么吃饭的。以前看关于他的传记，大略记得，他每天5点起床，7点开始上课。讲课前他会给选定的友人发请柬，邀请他们一起吃午餐，几乎天天如此。午餐漫长，耗去大半个下午。如此有规律的生活，午餐占据了他1/3的时间，他做饭的水平如何呢？午餐时都谈些什么？思想家的餐饮习惯和小巷里的"深夜食堂"有什么不同？以前毫不注意这些细节，现在蓦然有了寻根刨底的兴趣。

我手头有4本康德传记，我查了一遍，才大致搞明白。原来大哲学家康德并不会做饭，他花钱雇了个男仆，此人的烹调功夫不错。康德和来客吃饭时聊天"很少涉及哲学"，大部分时间都像《世说新语》中的名士一样，聊三教九流的各种轶闻，还有"饮茶、吸烟、饮酒和燃煤方法"，人间烟火味浓得很。他的谈伴们有不少独身主义者，"食"与"色"截然分离，就在这轻松随意的闲谈中，康德渐渐沉淀下来一个准则："一个人不必结婚。"他的好朋友希佩尔专门写过一篇《论婚姻》，断言"只有3种人适合结婚：傻瓜、恶棍和牧师。牧师习惯于受义务的束缚，恶棍希望他的太太不贞，傻瓜则相信自己的太太是忠实的"。康德不但深受这"最好的朋友"影响，而且还有为结婚男人叹息的忧情。他在《论优美感与崇高感》的后记中写道："女人会使男人眼光狭窄，在一个朋友结婚时，便是你失去这个朋友的时候。"心里有这样的影子，康德在面对自己喜欢的女人时总是踌躇再三。他曾经暗恋一个"教养优良而且面容姣好"的寡妇，但始终没有告白。这漂亮寡妇到处探亲访友，后来"在别的地方嫁掉了"。过了些日子康德又看上了一个"来自西伐利亚的女孩"，他经常找机会"流连在她身边，也不掩饰自己对她的好感"。不过这回他还是"迟疑太久"，女孩启程回家，"她都到西伐利亚的边境了，他还在考虑要不要向她求婚"，结果当然是无疾而终。哲学家的爱情真是太难了，难就难在他的人生观念："让女性爱上自己不是证明自身生命价值的重要方式。"

《深夜食堂》中的女孩美知留遭男友抛弃，分文全无流荡东京，被食堂老板留下打工，让她在大都市喘了一口气。她第一天夜里忙完，上了二楼铺开床铺，长叹一声疲惫躺下。望着窗外初明的晨光，幢幢楼影下有多少辛苦的奔波？生活的每一步都写满未知，如影片里所说："有时候觉得这样就好，有时候又会怀疑，这样真的好吗？"人生可依赖的唯有真心，真心走过的阴晴风雨，都会画出年轮，给内心增添不断放大的力量。什么是力量？大概就是"明明该哭该闹，却不言不语地微笑"——看罢《深夜食堂》，这句话在我心中久久不散。■

通向吴哥窟的花样年华

关于柬埔寨，我记忆最深的是电影《杀戮之地》，英国人罗兰·约菲导演。影片里的迪潘被抓入红色高棉的劳改营中，九死一生逃出来，一路目睹地狱般的景象。特别是掉入"人骨河"那一段，令人毛骨悚然，久久难忘。

另一部是《花样年华》。如果说《杀戮之地》写的是外部势力的邪恶恐怖，《花样年华》揭开的就是人心内在的流离孱弱。这部电影的结尾跳出都市，移到了吴哥窟，周慕云（梁朝伟饰）对着一个石柱的蚀洞，喃喃细语，又用泥土封起来，把心里的秘密和感伤托付给永恒。镜头虽然不长，但心意苍茫。长镜头里，吴哥窟那一重又一重苔藓斑斑的柱廊，如人心里一道又一道的暗影横亘在爱情路上。有的人跨过了第一道，有的人跨过了第二道……能走过的和不能走过的，每个人都不一样。能让真实的内心走到最后的，少而又少。影片女主角苏丽珍（张曼玉饰）换了23套旗袍，放下和穿上都很美，但那沉重的心灵之缚，却是怎么也脱不掉的。在新加坡，两个人离得那么近，她给他打电话，接通后她长长地沉默，又挂断。那一刻她在想什么呢？恐怕什么也没有想，只有厚重的乌云漫过，幽幽的负能量。周慕云把这样的秘密藏进吴哥窟很有象征性，社会生活中每天都在发生，把美好埋入废墟是人们多么习惯的选择。

苏丽珍留的是弯曲的短发，有不甘，又有顺从。印象中，大学里一齐短发的女生，后来总是有抹不去的学生气。长发飘飘的，融入社会潮流的速度快得多。王家卫这部影片的人物形象设计很考究，似乎想在女主角的发型与旗袍之间表达内心与外在的失衡，一套套美丽的旗袍也有了现实的束缚感。很有反讽意味的是，影片带动了一大波旗袍热，与影片潜含的悲剧意义南辕北辙。

影片的结尾放在吴哥窟，并不是剧本原来的设计，王家卫说这"是一次意外"。他并不认为这只是一部局限于情感的戏，而是人们围绕"秘密"展开的关系和过程，因此"需要一些在视觉上跟电影的其余部分对比较大的东西，需要一些平衡、一些有关自然和历史的东西"。剧组中的泰国制片人忽发灵感，建议把拍摄地移到吴哥窟。

这不仅给《花样年华》画龙点睛，暗喻出男女主人公的软弱无力，而且也证明了一个人生的至理：超出预想的行动总是最精彩的，它让你的生命焕然一新。这本来无须证明，谁不知道呢？但又有几人能够做到？

影片将近结局，周慕云终于问苏丽珍："如果多一张船票，你愿不愿意和我一起走？"这类问话在电影中屡见不鲜，往往是影片的转折点。暧昧是一种极其累人的活动，总需要一个终结，剧情的明朗化也借此加速。但《花样年华》就是不一样，暧昧之后还是暧昧，男主角得不到回答，女主角也停止不了自问，爱情的红靴子就悬在眼前渐渐发霉。这比一拍两散还要差，因为它会留下一道挥不去的伤感，让人徘徊在无果花的绵绵中，一如影片结尾的字幕：

他一直在怀念着过去的一切

如果他能冲破

那块积着灰尘的玻璃

他会走回早已消逝的岁月 ■

为了世界那一点点美好

电影《狗镇》那貌似淳朴的山村，却潜伏着无底的恶欲。逃避金钱世界的格蕾丝，在这里被乡民们奴役、强暴，每天都在深渊中下沉。最后她终于决定返回黑帮父亲的怀抱，并让黑帮杀光了狗镇的所有人。整部影片似乎都是格蕾丝的受难，但父亲最后对她说的话却颠覆了一切："I can not think of anything more arrogant than that."。Arrogant！傲慢、自圣——父亲在格蕾丝身上看到了更可怕的恶，一种以拯救者自居的自圣。

难道就只是一片漆黑，没有希望了？《天使爱美丽》里有另一种人生风景。爱美丽意外发现了一个小锡盒，里面装着许多小男孩的玩具。这个从未享有美好生活的法国女孩决定去寻找小锡盒的主人，给他一份遥远的惊喜。经历了种种沮丧，她终于找到了他。虽然他不过是个沉醉于怪癖的男孩，爱美丽还是很快乐，因为在纯净心愿的航行中，她找到了幸福的小岛。

我们生存其中的只是宇宙中的沧海一粟。人类是何其卑微，人生是多么渺小！而arrogant却给人自我无限的错觉，膨胀着欲望，带垮了全部内心。爱美丽只因一个小小的愿望，却抵达了生命的根本，像萤火虫飞入满天星空，画出温暖的轨迹。

这也是我倾心感受圣诞节的缘由，在信仰后面，我看到了更基本的人类价值。哪怕是一粒尘土，也要向善飞扬。广义的基督教是人类大文明的一部分，它在物质贫困、教育不发达的中世纪，是欧洲社会的精神中心，每一座教堂除了布道，还兼具音乐厅、文化课堂、美术馆、图书室、道德裁判所的功能……没有这些，历史将永远循环在"狗镇"中，多么野蛮、多么荒凉！虽然不是教徒，但在这样一个日子，感受西方文化最有张力的一个时段，看看爱美丽善性明媚的笑容，还是充满感动。■

解语花

电影《解语花》中的故事从1940年韩国京城（首尔）的一家艺伎院开始，两个充满歌唱梦想的女孩郑素律（韩孝周饰）和徐妍熙（千禹熙饰）亲如姐妹。青年作曲家金允宇（柳演锡饰）意外发现了徐妍熙的独特声线，决意把她打造成朝鲜的歌唱之星，最后金允宇不可抑制地爱上了她。这引起了金允宇的恋人郑素律的疯狂报复，她献身朝鲜的日本警察头子，借强权的暴力禁止徐妍熙的唱片发行。最后，徐妍熙为反抗日本军官的凌辱，在雨夜中被打死。金允宇出狱后得知徐妍熙已死去，在铁道上撞车自尽。郑素律得到了金允宇写给自己的唯一一首《爱情是谎言》，压刻在自己的唱片中……

影片的镜头、场景、音乐都很美，尤其是服装，是一场朝鲜族女性服饰的大汇展。比较弱的是剧本和演员。不但故事框架有些老套，情节中一些关键性的突转也缺乏伏笔，演员缺少对角色的深度把握，几处转变过于突兀，疏于心理深层的过渡。相对地说，千禹熙饰演的角色纹理要细致一些，眼神有成长，呈现了一个被卖入艺伎馆的女孩的一路悲喜。

整个影片的枢纽环节是郑素律的突变——从一个美丽聪慧的女孩变成了黑暗的报复女神。不是所有的女孩都会因为恋人的变心而变恶，这取决于她生命的底色。郑素律有倾城的美颜，这虽然是上天的馈赠，但也埋下了悲剧的可能。她因为自己的美而获得自信，认为自己应该得到金允宇的爱，应该得到明星的风光，应该拥有比别人好的生活，甚至应该得到想要的一切。这样的心态，即使得到所愿的东西，也不会感到温暖，因为一切都被视为当然。这种生活本质上是冰冷的，没有任何意外之喜。然而当得到的东西再次失去时，她会感到巨大的愤怒，认为是世界对自己的剥夺，于是，不择手段的报复也就成为唯一的选择。在现实生活中，我们看到多少笑意融融的温柔，蓦然间变成了寒气凛冽，根本原因就在这里。

徐妍熙不同，她很小就被卖入艺伎馆，生存之于她就是一场苦难。她从来没有想到自己会获得别人的宠爱，能活着已经是一个奇迹。所以，当她第一次被邀请到花园舞台上演唱的时候，她的震惊和感动，不亚于一次重生。她的歌唱，因此释放出了整个生命的能量，完全超越了艺术的形式，唱出了内心的悲欣。这就是艺术的本质啊，它是心灵对生活的初吻，是生命对日月天地的感激，是走过恋恋风尘的温情相望。更重要的是，金允宇豁然看到了一个焕然一新的她，她也遇上了一个懂得自己价值的男人，两个人在互相映照中发现了彼此，生活完全改变。

电影中的艺伎馆，训练女孩们笑得妩媚，唱得甜美，整个社会何尝不是如此？在重重叠叠的笑容中，如何分辨两种女孩，这是男性的一道难题。《解语花》中的音乐家金允宇就深陷这个迷局，直到徐妍熙脚扭伤了，他疼惜地为她敷冰块，看到她无限感动的眼神，一瞬间穿透了无意识的迷雾，看到自己今生的唯一。女孩感激的眼神是对男性最大的召唤，那是她对真情的温存相依，是身心的全部打开，是对未来的明亮期待。一个男人最重要的事情，是学会看懂女孩的这份谢意，那不是弱小，不是依赖，是她最根本的人生态度，只有看懂，才能永生难忘，不避风雨地和她一起打造一个世界。可真实的生活中，这样的懂得实在是太少了，这需要突破视觉的表面，用心体尝人间的冷暖，看透人心的热度。

解语花，在苍茫尘世中聆听花的万千心语，是这部电影的芊芊情怀吧……

20世纪40年代的朝鲜京城，正处于日本殖民统治时期。这复杂而沉重的历史，在影片中被道具化，成为两个女人争夺一个男人的舞台，使影片的叙事滑落到娱乐片的轨道上。娱乐片当然也是一种类型，《解语花》为此融入很多歌舞元素，影片里出现了8处大段的歌唱表演，仿佛印度宝莱坞电影的结构。这样的尝试别开生面，但是，掩不住影片在爱情主题上的贫弱。

"两女一男"或"两男一女"是爱情片的常见配置，一般来说"两女一男"偏向悲剧，"两男一女"偏向喜剧，这和男女两性各自的本性有关。问题在于编剧和导演在悲剧或喜剧中挖掘出什么样的因素，又在这些因素中找到哪些历史、社会乃至人心深处的隐秘？电影情节看起来跌宕起伏，死去活来，实际上虚无缥缈。郑素律与徐妍熙之间的冲突不同于市井女人之间的嫉妒，有事业的女性精神空间更大，有更丰富的社会关联，"大事"和"小事"有自主的排列和转换。拿得起痛苦，放得下幸福,是新女性的时代特质,因为,人生不但有男人,还有更广的世界。在《解语花》中,很难看到这一点,是不是导演觉得,天下女性无论如何都是小女人,生命中除了男人,其他都是幻影?如此单薄的观念,如何能包容现代女性的宽阔?

影片59分06秒是一个分界点,徐妍熙与郑素律一起唱民歌《春姑娘》,这是整个影片最感人的一段,两个姑娘的歌声呈现出心灵的美质。她们都有能力以艺术立身,有能力在最美事业中相遇最美爱情,也有能力面对失去。可惜《解语花》并没有好好把握这一点。当然,拍出另一种选择的难度很大,最好的爱情是从来不会上电影的,因为它没有太多的戏剧性。最真切的爱都是相向而行,没时间也没心思去兜圈子,都知道相爱是大事,不需要在海滩上追来追去,远离猜忌与做作。通俗的爱情片往往是一个大坑,里面装满情感生活的鸡毛蒜皮,无穷的负能量团团打转。也是因此,很为《解语花》可惜,她的本然,应该是另一种风貌。■

单纯是乌托邦的灵魂

看了《疯狂动物城》，完全让我回到了童年。天真的基础是单纯，单纯对于当下的人来说是多么不容易！人们过早地丢掉了孩子气，目光炯炯地站在竞赛的起跑线上，满脑子策略与欲望。《疯狂动物城》中的女警官兔子朱迪却永远长不大，满脸稚气地奔跑在追逐正义的弯道上。她总是看到世界可爱的一面，与复杂的角色有相反的视野。电影中有一段对话：

> 兔子朱迪：今天又是崭新的一天！
>
> 羚羊巴基：没错，但今天可能是更操蛋的一天！

单纯的人总是看到阳光照耀的地方，复杂的人却总是看到太多的灰暗，这是最大的区别吧！

我们可以在朱迪身上看到很多熟悉的身影：《阿甘正

传》《我是山姆》《幸福终点站》《大路》《破浪》……这些电影的主人公都单纯得近乎透明，也因此受苦受难，却本性难移。从生命哲学的角度看，这才叫活着，活出了本然，没有把人生变成一项技术活儿。

《疯狂动物城》的制片执行人约翰·拉赛特是读着格雷厄姆的童话《柳林风声》长大的，为了表达心里对《柳林风声》的爱，他决心要拍一部"会说话的动物电影"。真是童心决定一切，他满满地实现了心中的唯一。《柳林风声》也是我最爱的童书，我甚至被知心朋友们称为"河鼠"。多喜欢这个名字！知道自己远不如书中那只河鼠活得自然，但也是一份心愿。

人生很复杂，复杂有巨大的诱惑。但复杂过后的人，都渴望单纯。单纯中有真价值，复杂中充满虚无。生命的错杂常常在于，当人们明白单纯的珍贵时，时光已经过去了。复杂好像让人获得很多，细细辨察却是打了折的人生，天天用熨斗烫平，还是会皱纹百出。迪士尼的卡通片之所以受欢迎，是因为它让我们看到了心的原色，让我们笑着看完，又有些不能回到童年的心痛。■

睡在一个被窝里还是感到寂寞

话剧《杏仁豆腐心》是正宗的"有趣戏剧"。将近两个小时的戏，只有两个人物：小叶子和达郎，一对同居7年的日本恋人。说"恋人"实在很勉强，戏剧一开场两人就是分手状态，即将离开同住数年的樱花屋，各奔前程。女的很苦，背负着原生家庭的重重悲情，父亲嗜赌，把一个小康之家败到贫穷。母亲离家出走，老年变成中度痴呆。男的很丧，身为在日朝鲜人的后裔，又没有高学历和一技之长，处于社会鄙视链的底端。爱情对于这样的两个人，难度就太高了，彼此的期待太重，都想让爱情温暖自己，自身却点不燃火焰。女的说"睡在一个被窝里还是感到寂寞"，男的说"每天都小心翼翼地顺应你"，无法消弭的孤独将两个人的世界变成了问题的叠加，互相看到了绝望。

生存最害怕遇上这样的复杂化，每天都在无数的毛刺中滚过。这对男女最温馨的过往是在伊势半岛泡温泉，女主凝神回忆："有岩石浴池、全家福浴池、檀木池，还有露天浴池……我们还在半夜一起进去共同露天浴池！"这不仅仅是肌肤的温暖，更是生命回归的心灵复生。式亭三马在《浮世风吕》中点出了浸深温泉的禅意："无论贵人雅士，还是平民百姓，洗浴之时人人都赤身裸体，同降生时一样。裸身的交流交往，使人忘却高低贵贱，升华到一种无欲无求的佛的境界。"归根结底，爱情也是一泓温泉，让人放下既往，从头开始，一起打造一个新的生活，如同叔本华所言："没有人生活在过去，也没有人生活在未来，现在是生命确实占有的唯一形态。"可惜的是，爱情中的这种"归零"能力十分罕见，《杏仁豆腐心》的无奈，笼罩着当代人漫长的情感之路。

这出戏的时间背景是圣诞夜，小叶子反复问达郎："你能不能和我做一次爱？"这当然不是单纯的性欲，实际上是"让生活重生"的内心吁求。达郎虽然孱弱，此时却清醒无比，轻轻说"不可能"。这也是现实情感中的常态：女性在爱情创痛中不断地说"分手"，最后往往是千丝万缕的不舍。男性在小心翼翼中总是挽留，但最终积累出来的是绝不回头。《杏仁豆腐心》的结局是两个人紧紧相拥，在相拥中无法挽回地分别。这出戏最终找到了爱情的落点：无论男女，都不希望过一种复杂的生活，情意浓浓地分手是生存简单化的最佳方式，这也是两个小人物埋葬过去的自我打捞。■

长恨如歌

将王安忆小说《长恨歌》改编成话剧是一件不容易的事，一个上海女孩跨时代的生存，悲喜交错，有无数的幽深情思飘摇聚散，不可能在话剧的冲突架构中淋漓尽致地呈现。女性的一生正像海明威所说的冰山，露出海面的只是微微一角，如何把海面下的无限飘摇写出来，对小说家已经很困难，对话剧来说，更加困难。

第二章第八节，王琦瑶初遇摄影师程先生，程先生拍出来的王琦瑶"有一点儿钻进人心里去的东西"，"不是美，而是好看"。这是男女情感中十分珍贵的内核，是男性对女性内心的直觉。能不能看到这一面，是真爱假爱的关键点。小说中的王琦瑶后来倒入李主任的安乐窝，26岁的程先生从此有了一些人生的苍茫感。最好的相遇只有一次，把握住就无所谓治世乱世，长恨都来自面对失去的追忆。话剧要在两个多小时中演尽王琦瑶的一生，这一段能不能获得充分的表达？

照片，尤其是自拍，是最好的观察点，能看到一个人有没有丰富而强大的内心。一幅照片，最有价值的是时间的光辉，生命在时间中丰满地成长。很多照片被处理得时光尽失，只剩下"美丽"的表面，时光的痕迹都被榨光了。王安忆在《长恨歌》里用了很多篇幅细细描绘程先生与王琦瑶在照相馆的交往，这在现代小说中很少见。男女相恋，本质上是在相互凝视中的发现，这凝视越过容颜，越过世俗的边界，甚至越过了摄影的本义，蓦然发现了别人从未感知的"好看"。能写出这番心意，是小说家深切的悲怜，因为这种发现，很少能够实现。■